名家笔下的中国老城市丛书

名家笔下的老广州

总主编　张祖庆

主　编　刘　湘　邓妙珊

编　委（按姓氏笔画排序）

邓妙珊　邓燕飞　刘　湘

余美清　陈思沛　罗语婧

梁婉霞　赖秋好　虞　瑶

朗　诵　柏玉萍

济南出版社

图书在版编目（CIP）数据

名家笔下的老广州 / 刘湘，邓妙珊主编 . —— 济南：
济南出版社，2024.3
（名家笔下的中国老城市丛书 / 张祖庆总主编）
ISBN 978-7-5488-6198-0

Ⅰ . ①名… Ⅱ . ①刘… ②邓… Ⅲ . ①散文集 – 中国
– 当代 Ⅳ . ① I267

中国国家版本馆 CIP 数据核字（2024）第 053907 号

本书部分文字作品稿酬已向中国文字著作权协会提存，敬请相关著作权人联系领取。电话：010-65978917，传真：010-65978926，E-mail：wenzhuxie@126.com。

名家笔下的老广州
MINGJIA BIXIA DE LAOGUANGZHOU
刘　湘　邓妙珊　主编

出 版 人　谢金岭
图书策划　赵志坚　刘春艳
责任编辑　赵志坚　李文文　孙亚男　刘春艳
封面设计　谭　正
版式设计　刘欢欢
封面绘图　王桃花

出版发行　济南出版社
地　　址　济南市市中区二环南路 1 号（250002）
总 编 室　0531-86131715
印　　刷　济南新先锋彩印有限公司
版　　次　2024 年 3 月第 1 版
印　　次　2024 年 3 月第 1 次印刷
开　　本　170 mm×240 mm　16 开
印　　张　8
字　　数　100 千字
印　　数　1—5000 册
书　　号　ISBN 978-7-5488-6198-0
定　　价　45.00 元

如有印装质量问题 请与出版社出版部联系调换
电话：0531-86131736

序

每座城都是一本书，每本"城书"都有其独特的精神气质。

生于此城，长于此城，你便与城融在一起，成为城的细胞。城的性格脾气就是人的性格脾气。城与人，相依共存。

一座有生命的城，少不了巾，故曰"城市"。

城市于人的成长是烙印式的。无论你身在何处，永远不能忘记的是家的味道、城的气息、城的日常。我们怀想它，念叨它，也常会在某个时间点，因见到所居城市的一处景、一个人，甚至一株菜而深情满怀、热泪盈眶。作家池莉在回忆家乡武汉的菜薹时写道："我对菜薹是情有独钟不离不弃到即便它们老了也要养着，花瓶伺候，权当插花……看花时，总不免心生感慨：菜薹噢菜薹，你是我对武汉最深的眷恋。"

每一座历经千百年的城市，都是一条生命涌动的长河，于风云变幻间，留下吉光片羽。

一座古老的城市，值得我们细细品读。从显处读，可以是让游人赏心悦目的湖光山色，也可以是令吃客垂涎欲滴的特色美食。但是，仅读这些还不够，我们还要走进城市深处。风采卓绝的人物要读，深厚的文化底蕴要读，明亮的人文精神要读，这样才能走进一座城市的灵魂。

可是，谁敢说，我们真正读懂了我们所生活的城市？谁又敢说，我们真正触摸到了城市的灵魂？可能，在喧嚣的城市里，孩子还没有静静凝视过家门前那条不知源头的河流，没有留心觉察过城市中不断冒出的楼宇，没有仔细聆听过城市发展的滚滚车轮声。甚至，有这样一种情形——生活在南京的孩子不知道石头城的历史，生活在苏州的孩子没听过评弹，生活在西安的孩子没了解过秦岭的前世今生……

不得不说，这是生命成长中的小缺憾。

中国有个性、有魅力、有文化的城市何其多也！若是有一套中国城市的读本，以名家的文字为城市代言，纵览历史发展脉络，横看现代文明景观，让青少年读者从书中读城市的古今面貌，用脚步触摸城市的现实温度，那该多好啊！我的倡议得到各地名师的积极响应，大家一拍即合，快速行动。我们希望，经由这套书，每位大小读者从自己所居之城开启城市阅读之旅，了解城的古今，梳理城的脉络，以城为荣，以城为傲。

人是城市的核心因子。人和城市的相处方式有很多种，阅读城市理应成为重要的一种。以中小学生喜闻乐见的方式打开城市阅读之门是我们的编写初心。通过阅读名家优秀的文学作品，让孩子建立对城市的文化印象，让城市发展脉络及精神气质化入孩子的生命成长中。

经多次讨论，我们最终把这套书命名为《名家笔下的中国老城市》，初定二十个老城市，分别为北京、上海、杭州、南京、武汉、西安、济南、青岛、成都、重庆、绍兴、厦门、苏州、福州、徐州、广州、洛阳、开封、镇江、淮安。"老城市"就是有悠久历史、灿烂文明、独特意蕴的城市，老城市都是有故事的城市，读者能从书中感受到厚重的城市文化与个性迥异的时代特质。城市不分大小，大城有大城的宏伟，小城有小城的韵味。

为城市编书代言，我们深知其中的艰辛。一本小书难以概括一座城市的全貌和气质。尽管如此，我们还是愿意倾尽全力。我们组建了一支有深厚的文化学识和城市情怀的编写团队，他们多是在全国有影响力的特级教师、正高级教师、一线名师。有的名师为了在书中呈现更立体多元、经典可读的城市风貌，通读了几百本相关图书，仍觉得不够；有的名师对"老城市"的"老"做了精准的解读，对丛书的助读系统提出丰富的设计框架；有的名师带领他的"学霸"团队，利用节假日，走进博物馆、图书馆，做了大量的文献检索……毫不夸张地说，每个城市的编者都经历了艰苦的"前阅读"。

然而，写城市的文章太多了，选几十篇编入书中，简直是沙里淘金，且一定遗珠多多。选择什么样的文字呢？经过几番讨论，数易方案，渐渐地，编写组达成共识。我们发现，读城有迹可循。编写团队做了这样的梳理：

1. 依循城市纵横交错的线索，确定框架。为打捞丢失在历史尘埃中的城市老时光，我们做了一番细细耙梳、反复筛选的工作，再沿着"纵""横"两条线索将占有的资料以主题单元的方式呈现。"纵"即城市的历史沿革、发展脉络；"横"就是城市当下的多面向文化叙事，包含景观、习俗、人物、美食、童谣等。这样编排，既有历史的纵深感，又有现实的亲切感，丰富博大的城市概貌就有可能浓缩在一本小书中。

2. 充分考虑读者对象，精准定位选文方向。本套丛书的主要读者是中小学生，兼顾其他年龄段读者，所选文章多是可读性、文学性俱佳的名家作品。很多写城市的书只是给大人看的，客观介绍一座城市，文字也不够浅近，孩子难免会觉得枯燥。从这个意义上来说，这是一套定制版的城市文学读本，这一特色让本套丛书有别于其他城市主题的书。

3. 让"行读城市"成为一种新的生活方式。读城市，最终要走到城市中。本套丛书有一个重要的编写思想，那就是跟着编者行读城市。二十个城市读本中，有的将研学作为一个单独章节，有的则将其融合在各个章节中。无论采用哪种形式，小读者们都能从书中读到书外。一本书就是一座城的博物馆"入场券"，儿童（或成人）经由这张"入场券"，走进城市文明深处。

以《名家笔下的老武汉》为例，我们来一睹老武汉的城貌——全书分为八个章节，从《日暮乡关何处是》到《踏破铁鞋无觅处》《忙趁东风放纸鸢》，将江湖武汉、火辣辣的武汉、因爽而快的武汉生动地展现给读者。每一章都有"导读""群文探究"，每一篇都有"读与思"。读一本书，仿佛在与城市对话、与编者交谈，读者可带着憧憬之心、探究之趣在城的古今穿梭，在城的南北畅游。

编者刘敏动情地说："二十年前，我在武汉读大学。如今，我拖儿带女留在武汉，安居乐业。多少次，我漫步于夜幕中的长江大桥，和灯火一起微醺；多少次，我在汉口江滩，寻觅百年的沉浮……"

不只是武汉，每一座城都值得用心去读。《名家笔下的老西安》编者王林波老师的感言，说出了所有编者的心声："三年多的时间里，我们走街串巷地亲历感受，我们翻阅文献广泛搜集筛选，我们对话作者深度访谈。一切的努力，只是单纯地想为你——亲爱的读者呈现最适合的老城市。"

我们有理由相信，这是一套真正的精华读本。读者站在名师深读的肩膀上鸟瞰城市，深入城市的叶脉、根系，享受读城的步步惊喜，体验读城的无穷乐趣。

亲爱的读者朋友们，《名家笔下的中国老城市》丛书是一座开放的城堡，我们将不断寻觅，让这个城堡的成员更丰富，文化更多元，视野更开阔。我相信，你们的阅读也必然是开放的——读城市的文学、文化、文明，读城市的传说、市井、烟火，读城市的性格、秉性、气质，读城市的人、事、景……自己读，和爸妈、老师一起读，走进城市博物馆，实景考察，深度研学；不仅读"我的城"，还要读"他的城"，因为这都是"我们的城"。

再次翻阅一本本书稿，我心中感奋不已。我仿佛又一次和编者朋友们一道，穿行一座座古城，漫步一条条大街，走进一处处深宅，聆听古老钟声，触摸历史心跳。

人在城中，城在心里；一眼千秋，千秋一卷；一卷一城，读行无疆。

于杭州·谷里书院

时代共潮生　此心归岭南

这是一片神奇的土地。

她是古老的。有着 2000 多年的建城史，是古代海上丝绸之路的发祥地，是中国从未关闭过的通商口岸，是千年繁盛的商都。

她又是现代的。当新时代的钟声敲响，她与岭南地区其余 11 座城市构成的粤港澳大湾区翻开了新的篇章，成为比肩纽约湾区、东京湾区、旧金山湾区的全球四大湾区之一，是中国对话国际舞台最洪亮的声音。

她是传统的。粤剧、龙舟、武术、醒狮、广彩等众多文化精髓和艺术成果在这里得以传承发展，并滋养着城市的气质与灵魂。

她又是创新的。古建筑映衬下的珠江新城 CBD，充满科技感的人工智能，以及 5G 装置、人脸识别、智能出行、智能家居、集成电路等高精尖项目，为老城数字经济发展按下了"加速键"。

她是安逸、闲适的。一壶香茗，几笼点心，或会友，或雅坐，形成最具特色的"叹（享受）茶文化"。在这里，你可以叹早茶，叹午茶，叹晚茶，还叹夜茶。只要你愿意，可以从早叹到夜，打个盹儿再一个轮回。许多人的一生都可以泡在茶楼里，工作可以在茶楼讨论，生活可以在茶楼海聊，生意也可以在茶楼谈妥。

她又是充满活力的。仅用了 40 年的时间，这座城市的 GDP 就增长了 400 多倍。繁荣发达的商业，川流不息的车流，鳞次栉比的都市高楼大厦，快步疾走的人影和频闪交替的交通灯让人目不暇接。

从来没想过有这么一座城市，可以让现代与传统、快与慢在这里拥有一份对立的统一，可以把市井生活和城市繁华结合得如此紧密而又不觉得突兀违和。

这就是广州，一片有温度、有情怀的热土，一座可以让人安心放飞梦想的城市。

《名家笔下的老广州》是一本融合了"读、思、行、研、作"的图书，共分八个章节，从老城历史、风景名胜、广府文化、饮食文化、名家琐忆等方面带您去领略老广州的风貌。希望这种独特的"读城"方式，可以将名家笔下这方水土的地理人文和他们如山似海般的开阔胸怀，将那跨越山海间的千年岁月以及融揉其中的美好生活想象，再现当代人眼前。

大湾区时代，在面向多元化的未来之际，传承于历史中的生活理想也愈加明晰。它不仅存在于那些与传统人文交织的、与世界风格相融的岭南精神特质里，还在一场场繁华旧梦之后的故土记忆、情思传衍中。美好幸逢其时，今天，我们比任何时候都接近梦想，比任何时候都更清晰地看到向美好生活前行的方向。珠水恒流，广州恒新。借助此书，我们回望岭南千年风华，穿越历史长河，寻回心底的归属，在当下波澜壮阔的新时代，不断坚定追寻幸福生活的脚步。

目录 MULU

第一章　印象广州

广州好，月上试凭栏。银汉繁星燎夜宇，珠江渔火照明澜。俯仰几回看。
　　　　　　　　　　　　　　　——朱光

此去经年，时光做渡，眉目成书，忆之岁月。多少人来过这座城，或匆匆，或漫步，或在红泥火炉前把酒言欢，或享受街巷市井的嘈杂喧闹……举手投足凝印成广州的城市缩影。

也许，停留只是一瞬，回首却是一生，老了的是岁月，老不了的是对广州的回忆。

扫码立领
★ 名师朗读
★ 美文微课
★ 城市印象
★ 老城记忆

荔枝蜜

◎杨　朔

　　花鸟草虫，凡是上得画的，那原物往往也叫人喜爱。蜜蜂是画家的爱物，我却总不大喜欢。说起来可笑，孩子时候，有一回上树掐海棠花，不想叫蜜蜂螫（shì）了一下，痛得我差点儿跌下来。大人告诉我说："蜜蜂轻易不螫人，准是误以为你要伤害它，才螫。一螫，它自己耗尽生命，也活不久了。"我听了，觉得那蜜蜂可怜，原谅它了。可是从此以后，每逢看见蜜蜂，感情上疙疙瘩瘩的，总不怎么舒服。

　　今年四月，我到广东从化温泉小住了几天。四围是山，怀里抱着一潭春水，那又浓又翠的景色，简直是一幅青绿山水画。刚去的当晚，是个阴天，偶尔倚着楼窗一望：奇怪啊，怎么楼前凭空涌起那么多黑黝黝的小山，一重一重的，起伏不断。记得楼前是一片比较平坦的园林，不是山。这到底是什么幻景呢？赶到天明一看，忍不住笑了。原来是满野的荔枝树，一棵连一棵，每棵的叶子都密得不透缝，黑夜看去，可不就像小山似的。

　　荔枝也许是世界上最鲜最美的水果。苏东坡写过这样的诗句："日啖荔支三百颗，不辞长作岭南人。"可见荔枝的妙处。偏偏我来得不是时候，满树刚开着浅黄色的小花，并不出众。新发的嫩叶，颜色淡红，比花倒还中看些。从开花到果子成熟，大约得三个月，看来我是等不及在从化温泉吃鲜荔枝了。

　　吃鲜荔枝蜜，倒是时候。有人也许没听说这稀罕物儿吧？从

摄影：邓志杰

化的荔枝树多得像汪洋大海，花开时节，满野嘤嘤嗡嗡，忙得那蜜蜂忘记早晚，有时趁着月色还采花酿蜜。荔枝蜜的特点是成色纯，养分大。住在温泉的人多半喜欢吃这种蜜，滋养精神。热心肠的同志为我也弄到两瓶。一开瓶子塞儿，就是那么一股甜香；调上半杯一喝，甜香里带着股清气，很有点鲜荔枝味儿。喝着这样的好蜜，你会觉得生活都是甜的呢。

　　我不觉动了情，想去看看自己一向不大喜欢的蜜蜂。

　　荔枝林深处，隐隐露出一角白屋，那是温泉公社的养蜂场，却起了个有趣的名儿，叫"蜜蜂大厦"。正当十分春色，花开得正闹。一走进"大厦"，只见成群结队的蜜蜂出出进进，飞去飞来，那沸沸扬扬的情景，会使你想：说不定蜜蜂也在赶着建设什么新生活呢。

　　养蜂员老梁领我走进"大厦"。叫他老梁，其实是个青年人，举动很精细。大概是老梁想叫我深入一下蜜蜂的生活，小小心心揭开一个木头蜂箱，箱里隔着一排板，每块板上满是蜜蜂，蠕蠕地爬着。蜂王是黑褐色的，身量特别细长，每只蜜蜂都愿意用采来的花精供养它。

老梁叹息似的轻轻说："你瞧这群小东西，多听话。"

我就问道："像这样一窝蜂，一年能割多少蜜？"

老梁说："能割几十斤。蜜蜂这物件，最爱劳动。广东天气好，花又多，蜜蜂一年四季都不闲着。酿的蜜多，自己吃的可有限。每回割蜜，给它们留一点点糖，够它们吃的就行了。它们从来不争，也不计较什么，还是继续劳动、继续酿蜜，整日整月不辞辛苦……"

我又问道："这样好的蜜，不怕什么东西来糟害么？"

老梁说："怎么不怕？你得提防虫子爬进来，还得提防大黄蜂。大黄蜂这贼最恶，常常落在蜜蜂窝洞口，专干坏事。"

我不觉笑道："噢！自然界也有侵略者。该怎么对付大黄蜂呢？"

老梁说："赶！赶不走就打死它。要让它待在那儿，会咬死蜜蜂的。"

我想起一个问题，就问："可是呢，一只蜜蜂能活多久？"

老梁回答说："蜂王可以活三年，一只工蜂最多能活六个月。"

我说："原来寿命这样短。你不是总得往蜂房外边打扫死蜜蜂么？"

老梁摇一摇头说："从来不用。蜜蜂是很懂事的，活到限数，自己就悄悄死在外边，再也不回来了。"

我的心不禁一颤：多可爱的小生灵啊，对人无所求，给人的却是极好的东西。蜜蜂是在酿蜜，又是在酿造生活；不是为自己，而在为人类酿造最甜的生活。蜜蜂是渺小的；蜜蜂却又多么高尚啊！

透过荔枝树林，我沉吟地望着远远的田野，那儿正有农民立在水田里，辛辛勤勤地分秧插秧。他们正用劳动建设自己的生活，实际也是在酿蜜——为自己，为别人，也为后世子孙酿造着生活的蜜。

这黑夜，我做了个奇怪的梦，梦见自己变成一只小蜜蜂。

读与思

闻着这样甜香的荔枝蜜，你一定嘴馋了吧！看着这样辛勤可爱的蜜蜂，你一定打心底里喜欢它们吧！作者仅仅是在歌颂蜜蜂吗？在生活中，你还发现有哪些人像蜜蜂那样辛勤、高尚呢？

广 州

◎余秋雨

终究还得说说广州。

前年除夕，我因购不到机票，被滞留在广州。许多朋友可怜我，纷纷来邀请我到他们家过年。我也就趁机轮着到各家走了走。

走进每家的客厅，全是大株鲜花。各种色彩都有，名目繁多，记不胜记。我最喜欢的是一株株栽在大盆里的金橘树，深绿的叶，金黄的果，全都亮闪闪的。一位女作家顺手摘下两枚，一枚递给我，一枚丢进嘴里。她丈夫笑着说："不到新年，准被她吃光！"而新年就在明天。

那天下午，几位朋友又来约我，说晚上去看花市，除夕花市特别热闹；下午就到郊区去看花圃。到花圃去的路上，一辆一辆全是装花的车。广州人不喜爱断枝摘下的花，习惯于连根盆栽，一盆盆地运。许多花枝高大而茂密，把卡车驾驶室的顶都遮盖了，远远看去，只见一群群繁花在天际飞奔，神奇极了。这些繁花将奔入各家各户，人们在花丛中斟酒祝福。我觉得，比之于全国其他地方，广州人更有权利说一句：春节来了！

可惜，从花圃回来，我就拿到了机票，立即赶向机场，晚上的除夕花市终于没有看成。

在飞机上，我满脑子还盘旋着广州的花。我想，内地的人们过春节，大多用红纸与鞭炮来装点，那里的春意和吉祥气，是人工铺设起来的。唯有广州，硬是让运花车运来一个季节，把实实

摄影：邓志杰

在在的春天生命引进家门，因此庆祝得最为诚实、最为透彻。

据说，即便在最动荡的年月，广州的花市也未曾停歇。就像广州人喝早茶，天天去，悠悠然地，不管它潮涨潮退、云起云落。

以某种板正的观念看来，花市和早茶，只是生活的小点缀，社会大事多得很，哪能如此迷醉。种种凌厉的号令远行千里抵达广州，已是声威疏淡，再让它旋入花丛和茶香，更是难以寻见。"广州怎么回事？"有人在吆喝。广州人好像没有听见，嘟哝了一句很难听懂的广州话，转身嗅了嗅花瓣，又端起了茶盏。

广州历来远离京城，面对大海。这方位使它天然地与中国千年封建传统构成了逆反。千里驿马跑到这里已疲倦不堪，而远航南洋的海船正时时准备拔锚出发。

当驿马实在搅得人烦不胜烦的时候，这儿兀兀然地站出了康有为、梁启超、黄遵宪、孙中山，面对北方朗声发言。一时火起，还会打点行装，慷慨北上，把事情闹个青红皂白。北伐，北伐，广州始终是北伐的起点。

北上常常失败。那就回来，依然喝早茶、逛花市，悠闲得像没事人一样，过着世俗气息颇重的情感生活。

这些年，广州好像又在向着北方发言了，以它的繁忙，以它的开放，以它的勇敢。不过这次发言与以前不同，它不必暂时舍弃早茶和花市了，浓浓烈烈地，让慷慨言辞拌和着茶香和花香，直飘远方。

像我这样一个文人，走在广州街上有时也会感到寂寞。倒也不是没有朋友，在广州，我的学生和朋友多得很，但他们也有寂寞。我们都在寻找和期待着一种东西，对它的创造，步履不能像街市间的人群那样匆忙，它的功效，也不像早茶和花市，只满足日常性、季节性的消耗。

（选自《五城记》）

读与思

作为明代"广东四市"之一的广州迎春花市，早就名扬五洲，饮誉四海。广州迎春花市是广东省的汉族传统民俗文化盛会，是广州人民的一场嘉年华。一年一度的迎春花市繁花似锦、人海如潮，热闹非凡。其不但呈现了古老的岭南地区汉族群众的春节习俗，更与广州人的精神生活密切相关。你觉得在余秋雨的眼里，广州的花市象征着什么？

春来忆广州

◎老 舍

我爱花。因气候、水土等关系,在北京养花,颇为不易。冬天冷,院里无法摆花,只好都搬到屋里来。每到冬季,我的屋里总是花比人多。形势逼人!屋中养花,有如笼中养鸟,即使用心调护,也养不出个样子来。除非特建花室,实在无法解决问题。我的小院里,又无隙地可建花室!

一看到屋中那些半病的花草,我就立刻想起美丽的广州来。去年春节后,我不是到广州住了一个月吗?哎呀,真是了不起的好地方!人极热情,花似乎也热情!大街小巷,院里墙头,百花齐放,欢迎客人,真是"交友看花在广州"啊!

在广州,对着我的屋门便是一株象牙红,高与楼齐,盛开着一丛丛红艳夺目的花儿,而且经常有些很小的鸟,钻进那朱红的小"象牙"里,如蜂采蜜。真美!只要一有空儿,我便坐在阶前,看那些花与小鸟。在家里,我也有一棵象牙红,可是高不及三尺,而且是种在盆子里。它入秋即放假休息,入冬便睡大觉,且久久不醒,直到端阳左右,它才开几朵先天不足的小花,绝对没有那种秀气的小鸟做伴!现在,它正在屋角打盹,也许跟我一样,正想念它的故乡广东吧?

春天到来,我的花草还是不易安排:早些移出去吧,怕风霜侵犯;不搬出去吧,又都发出细条嫩叶,很不健康。这种细条子不会长出花来。看着真令人焦心!

摄影：邓志杰

　　好容易盼到夏天，花盆都运至院中，可还不完全顺利。院小，不透风，许多花儿便生了病。特别由南方来的那些，如白玉兰、栀子、茉莉、小金橘、茶花……也不怎么就叶落枯枝，悄悄死去。因此，我打定主意，在买来这些比较娇贵的花儿之时，就认为它们不能长寿，尽到我的心，而又不作幻想，以免枯死的时候落泪伤神。同时，也多种些叫它死也不肯死的花草，如夹竹桃之类，以期老有些花儿看。

　　夏天，北京的阳光过暴，而且不下雨则已，一下就是倾盆倒海而来，势不可当，也不利于花草的生长。

　　秋天较好。可是忽然一阵冷风，无法预防，娇嫩些的花儿就受了重伤。于是，全家动员，七手八脚，往屋里搬呀！各屋里都挤满了花盆，人们出来进去都须留神，以免绊倒！

真羡慕广州的朋友们，院里院外，四季有花，而且是多么出色的花呀！白玉兰高达数丈，干子比我的腰还粗！英雄气概的木棉，昂首天外，开满大红花，何等气势！就连普通的花儿，四季海棠与绣球什么的，也特别壮实，叶茂花繁，花小而气魄不小！看，在冬天，窗外还有结实累累的木瓜呀！真没法儿比！一想起花木，也就更想念朋友们！朋友们，快作几首诗来吧，你们的环境是充满了诗意的呀！

春节到了，朋友们，祝你们花好月圆人长寿，新春愉快，工作顺利！

读与思

广州地处亚热带沿海，属海洋性亚热带季风气候，以温暖多雨、光热充足、夏季长、霜期短为特征，因此广州宜种花，广州人也爱花，所以广州又被称为"花城"。读完本文，你一定和老舍先生一样，爱上四季有花的广州。除了高达数丈的白玉兰、有英雄气概的木棉、四季海棠与绣球，你还知道广州人喜欢哪些花吗？

给广州的朋友

◎冰　心

广州的朋友总怪我到好几次广州，却没有写过一个字。但是没有写和写不出，完全是两回事，广州这个城市太丰富多彩，而且发展变化得太快了，当人家心摇目眩，第一个雄伟美丽的镜头，还没有捉住的时候，飞速地又掠过一个更新更美的镜头，叫人如何来得及下笔？

我路过广州，算来已有八九次了，每次都只有一两天的逗留，但我没有放过一寸光阴，总是忙里偷闲，贪婪地吸收领略广州的一切。一个在北方长大的人，特别是在冬末春初，来到了祖国的最南端，从一片辽阔广大的苍黄，忽然看到满眼的青山秀水、绿叶红花，这惊喜是说不尽的。我们匆匆地脱下了厚重的冬衣，迎着吹面不寒的清风，连走路都觉得轻快！

当我执笔之顷，羊城宾馆的巨大玻璃窗前，正向我呈现出一片仿佛是北京暮春的景色；芊芊的青草，郁郁的浓荫，几座宏伟的建筑，掩映于紫花绿树之间。旁边的流花湖，波光淡荡，楼阁桥亭点缀如画，这些在半年前经过广州的我的眼中，又是一幅全新的景物……

再描写下去，就写不胜写了，但是广州有一个地方，却是这一切变化的原动力和发源地，它不但是广州的、也是我们整个国家起了翻天覆地变化的原动力和发源地，那就是广州农民运动讲习所里，我们伟大的领袖毛主席住过的一间小屋。

我参观农民运动讲习所，已是几年前的事了，里面的一切，已经不能一一描绘，但是那间小屋，却永远矗立在我的眼前！就是这间像真理一样朴素的小屋，一个陈旧的竹箱，几张粗糙的家具，相伴着我们宵旰（gàn）辛勤、以天下为己任的领袖，计划运筹，带动起我们六亿五千万人民，用自己的脑子和双手，开辟出我们周围的美丽雄伟的世界。

明天——1961 年的最后一日，我又将横越三千里的云程，飞回我们的首都。我知道在凌空双翼之下的万水千山，也都和美丽雄伟的广州一样，在飞跃地发展变化。我愿和拱卫在那间小屋周围的广州朋友，以及全国人民，在 1962 年我们祖国的更新更美的图画上，加上自己精心结构的一笔。

1961 年 12 月 30 日　广州

读与思

农民运动讲习所旧址原为番禺学宫，始建于 1370 年，明清时期是培养儒家生员和祭祀孔子以及先贤名儒的所在地，也是广州城区现存的唯一学宫。1924 年 6 月 30 日，国民党中央执行委员会第 39 次会议决定接受林伯渠、彭湃等人的提议，在广州创办农民运动讲习所。1926 年，毛泽东在此主办第六届农民运动讲习所，周恩来、彭湃等 21 位有较高理论素养和丰富实践经验的共产党员和国民党左派人士担任教员。农民运动讲习所在广州人的心中，诚如冰心文中所写“它不但是广州的、也是我们整个国家起了翻天覆地变化的原动力和发源地”。

怪异的城市（节选）

◎易中天

在中国，也许没有哪个城市，会更像广州这样让一个外地人感到怪异了。

乘火车从北京南下，一路上你会经过许多大大小小城市：保定、石家庄、邯郸、郑州、武汉、长沙、衡阳等等。这些城市多半不会使你感到奇异陌生，因为它们实在是大同小异。除了口音不大相同、饮食略有差异外，街道、建筑、绿化、店面、商品、服务设施和新闻传媒，都差不太多。只要你不太坚持自己狭隘的地方文化习惯，那么，你其实是很容易和这些城市认同的。

然而广州却不一样。

改革开放以前，外地人第一次进广州，感觉往往都很强烈。第一是眼花缭乱，第二是晕头转向，第三是不得要领，第四是格格不入。你几乎一眼就可以看出，这是一个对于你来说完全陌生的城市。它的建筑是奇特的，树木是稀罕的，招牌是看不懂的，语言更是莫名其妙的。甚至连风，也和内地不一样：潮乎乎、湿漉漉、热烘烘，吹在身上，说不出是什么滋味。如果你没有熟人带路，亲友接站，便很可能找不到你要去的地方。因为你既不大看得懂地图和站牌，又显然听不明白售票员呼报的站名。也许，你可以拦住一个匆匆行走的广州人问问路，但他多半会回答"muji"，弄得你目瞪口呆，不明白广州人为什么要用"母鸡"来作答。即便他为你作答，你也未必听得清楚，弄得明白。何况广州人的容貌是那样的独特，衣着是那样的怪异，行色又是那样的匆匆，上前问路，会不会碰钉子呢？你心里发怵。

当然，最困难的还是语言。广州话虽然被称作"白话"，然而一点也不"白"，反倒可能是中国最难懂的几种方言之一（更难懂的是闽南话）。内地人称之为"鸟语"，并说广州的特点就是"鸟语花香"。语言的不通往往是外地人在广州最感隔膜之处。因为语音不但是人际交往的重要工具，而且是一个人获得安全感的重要前提。一个人，如果被一种完全陌生的语言所包围，他心里是不会自在的。幸亏只是"鸟语"啊！如果是"狼嚎"，那还得了？

广州话听不懂，广州字也看不懂（尽管据说那也是"汉字"）。你能认出诸如"冇""咁""嘅"，见过"啫""叻""啱"之类的字吗？就算你认识那些字，也不一定看得懂那些词。比方说，你知道"士多""架步"是什么意思吗？你当然也许会懂得什么是"巴士"，什么是"的士"。但懂得"的士"，却不一定懂得"的士够格"（绝非出租车很够规格的意思）。至于其他那些"士"，比如什么"多士""卡士""菲士""波士""甫士""贴士""晒士"之类，恐怕也不一定懂。最让人莫名其妙的是"钑（sà）骨"。前些年，广州满街都是"钑骨立等可取"的招牌（现在不大能看见了），不明就里的人还以为广州满街都是骨科大夫，却又不明白疗伤正骨为什么会"立等可取"，而广州的骨伤又为什么那么多。其实所谓"钑骨"，不过就是给裁好的衣料锁边，当然"立等可取"；而所谓"又靓又平"，则是"价廉物美"的意思。然而广州人偏偏不按国内通行的方式来说、来写，结果弄得外地人在广州便变成了"识字的文盲"，听不懂，也看不懂，"真系（是）蒙查查（稀里糊涂）啦"。

结果，一个外地人到了广州，往往会连饭都吃不上，因为你完全可能看不懂他们的菜谱：猪手煲、牛腩粉、云吞面、鱼生粥，这算是最大众化的了，而外地人便可能不得要领。至于"蚝油""焗（jú）""焗（qū）"之类，外地人更不知是怎么回事，因而常常会面对菜谱目瞪口呆，半天点不出一道菜来。有人曾在服务员的诱导下点了"牛奶"，结果端上来的却是自己不吃的"牛腩"，其哭笑不得可想而知，他哪里还再敢问津"濑尿虾"？

更为狼狈的是，外地人到了广州，甚至可能连厕所也上不成。因为广州厕所上写的是"男界""女界"。所谓"男界"，是"男人的地界"呢，还是"禁止男人进入的界限"呢？外地人不明所以，自然只能面面相觑，不敢擅入。

于是，外地人就会纳闷："我还在中国吗？"

当然是在中国，只不过有些特别罢了。

（选自《读城记·广州市》）

读与思

广州方言又称为"粤方言""粤语""白话"和"广府语"，是古南越族语言与汉语言混糅后形成的一种独特的地方语言，为现代汉语方言的七大方言之一。广州方言是粤语区地方文化的重要载体，对保存传统文化有重要的价值。在语言方面，广州方言保留了不少古汉语的特点，对古汉语研究意义重大。对粤语感兴趣的小伙伴，可以学学粤语噢！

广州组诗

使至广州

〔唐〕张九龄

昔年尝不调，兹地亦遭回。本谓双凫少，何知驷马来。

人非汉使橐，郡是越王台。去去虽殊事，山川长在哉。

辛卯广州端午

陈寅恪

菖蒲似剑还生绿，艾叶如旗不闪红。

唯有沉湘哀郢泪，弥天梅雨却相同。

读与思

广州是一座有着2200多年历史的文化名城。早在公元前9世纪的周代，这里的"百越"人和长江中游的楚国人已有来往，建有"楚庭"，这是广州最早的名称。公元前214年，秦始皇统一岭南后建南海郡（郡治设在"番禺"，即今天的广州）。公元226年，孙权为了便于统治，将原交州分出交州和广州两部分，"广州"由此得名。

群文探究

阅读本章，开展一场"广府风情"的研学活动。根据你的兴趣爱好，选择自己喜欢的专题，以小组为单位进行专题探究。

主题一："广州记忆"手抄报

采访身边的人，收集他们对老广州的记忆和感觉，做成手抄报，和大家分享老广州的味道。

主题二："名人与广州"的故事

许多名人都与广州有着不解的情缘，你可以上网查找相关资料，看看还有哪些名人和老广州的故事，选取其中一两个，讲给你的爸爸妈妈听。

主题三：有关"广州"的诗词大会

以小组为单位，搜集和广州有关的诗词，整理汇总后，举办小型的诗词大会。

第二章　南粤春秋

广州好，城古越千年。饱阅沧桑消劫烬，缅
怀缔造接前贤。山立五羊仙。
　　　　　　　　　　　　　　——朱光

　　广州，一座有着2200多年历史的文化名城，从秦朝开始，一直是华
南地区的政治、军事、经济、文化和科教中心；3世纪30年代起成为海上
丝绸之路的主港；唐宋时期成为中国第一大港；明清两代成为中国唯一的
对外贸易大港。巨海浩渺，原野辽阔，商贾纵横，机遇之城。人们记住的
是她的烟火气，却鲜闻她的历史与仙气。南葳蕤，越沧桑，南粤春秋里，
山河与传说同在！五羊石、荔枝湾、珠江……让我们透过名家的眼睛与笔
端，徜徉于胜地典故，一起认识这座充满底蕴的千年古城——广州城。

〇€ 扫码立领
★ 名师朗读
★ 美文微课
★ 城市印象
★ 老城记忆

五羊石（节选）

◎［清］屈大均

　　周夷王[1]时，南海有五仙人，衣各一色，所骑羊亦各一色，来集楚庭[2]，各以谷穗一茎六出[3]，留与州人，且祝曰："愿此阛阓[4]永无荒饥。"言毕腾空而去，羊化为石。今坡山有五仙观[5]，祀五仙人。少者居中持粳稻，老者居左右持黍稷，皆古衣冠。像下有石羊五，有蹲者、立者，有角形微弯势若抵触者，大小相交，毛质斑驳。观者一一摩挲，手迹莹然。诸番往往膜拜之，薰以沉水[6]，有烟气自窍穴中出，若石津润而生云也。

（选自《广东新语》）

注释

①周夷王：西周君主。

②楚庭：广州最早的名字，今广州越秀山上中山纪念碑侧有清代人所建的一座石牌坊，上刻"古之楚庭"四字。

③一茎六出：一茎生六穗的嘉禾，古人视为一种祥瑞。

④阛阓（huán kuì）：本指市场，此处可引申为地区或城市。

⑤五仙观：古代为祭祀五仙所建，几经迁徙，终设于坡山，即今广州市惠福西路的五仙观。明清时的羊城八景先后有"穗石洞天""五仙霞洞"二景名，均指此地。

⑥沉水：沉香的别名。

译文

　　周夷王统治时期，南海有五位仙人，他们穿着各色的衣服，骑着各色的羊聚集到广州。每位仙人都将一茎生六穗的稻谷留给当地百姓，并祝福百姓们："愿此地永远不会有饥荒。"说完便飞腾到空中离开了，他们的羊则化为石头。如今坡山有五仙观，用以祭祀五位仙人。年少的仙人拿着粳稻在中间，年老的仙人拿着黍稷在左右两侧，他们都穿着古时候的服饰。仙人像下有五座石羊，有蹲着的、有立着的，有羊角形状微微弯曲，姿势像在抵触的，大的小的相交叉，毛色相杂。来观赏的人逐一用手抚摸石像，手摸过的痕迹光洁明亮。许多外国人常来膜拜石像，熏沉香，烟气从石像的孔中飘出，就好像石头浸润后生出云雾来。

　　读与思

　　广州又称五羊城，五羊城的传说脍炙人口，从这个古老的传说里我们感受到古南越人对广州城的期盼和祝愿。生活安康、富足，人们安居乐业，这也是所有广州人的美好愿望。为了这个美好愿望，一代又一代的广州人锲而不舍，奋斗不止。好好读读这篇文章，结合注释和译文，你能把这个关于五羊石的传说用讲故事的方式讲给你的爸爸妈妈或者好朋友听吗？讲故事时可以在原文基础上展开丰富的想象，加上自己创造的情节，期待你绘声绘色的讲述。

荔枝湾

◎钟敬文

在广州市附近，比较有历史的意味，而实际上也值得一逛的游地，总要算到荔枝湾吧。

湾在市的西边，相传是南汉时候昌华苑的旧址。水湾的面积不广，水色亦非常清澈，但湾形曲折，两岸竹树丛生，荔枝树尤多，木棉亦挺秀其间。岸上，有人家、别墅、亭馆等建筑物在点缀着。莲池菱塘，也开布于前近。到了夏天，木棉已谢，杂花乱开，荔枝累累然繁结枝头。我们坐着白帆蓝身的小舟，鼓棹荡漾其中，水面南风，轻轻地吹着，胸中豁然，烟雾一般消散了的，岂止熬人的炎氛而已么？古今人游此题咏之作颇多，去年和颉刚、西薇、成志诸兄往游时，见茶馆中，有某先生题的一首词，语颇有趣，

摄影：邓志杰

当时曾抄入日记簿中，惜现已丢掉，无从寻出。吾友刘君亦有所作云：

> 夕阳只向柳梢红，
>
> 小有溪林世外风，
>
> 若向诗中求比似，
>
> 微微清韵两司空。

他把荔枝湾的风致，比况于诗中的两司空，倒善于品鉴呢。至于有云：

> 独自凭栏应有恨，
>
> 月明谁唱李家词。

则已露出他骚人唏嘘吊古的意味了。

荔枝湾，包括的境地颇宽敞，片中所示，不过只小小的一部分罢了。但是虹桥短堵间，群树杂生，藤萝垂挂，风情的佳胜，不就可以概见了么？

（选自《羊城风景片题记》）

读与思

　　荔枝湾是老广州城代表性地标，在作家充满诗情画意的表述中，我们立体地重新认识了荔枝湾——里面有历史，有自然景观，更有情趣。阅读这样的美文，我们仿佛置身于荔枝湾清婉明媚的河流里，惬意安然。觉得如此安逸处，偷得浮生半日闲，繁华之中的清流无不让人向往流连。我们可以找到文中喜欢的句子进行有感情的诵读，美美地感受荔枝湾的文气与清凉。

梳髻修眉上岸来
——珠江散记

◎紫　风

　　有一天，我走到珠江河畔，跨过那一道道摆满花树的小木桥——水上街道，去看望一些相识的水上人家。特别引起我注意的，是在竹竿上挂着小竹笼的小艇越来越多了。朋友，你知道这是什么意思？告诉你，这是小艇要出卖啦！然而，这绝不像在旧社会那样是水上人家破产的标志，而是水上居民要和千百年来"浮家泛宅"的生活告别的标志！

　　这些日子以来，他们的生活正像那股奔腾的江水一样不断地起着变化：家庭妇女走出了小艇；孩子解下背上的葫芦，松开身上的绳索，像出笼的小鸟般在托儿所里蹦跳游戏；打鱼的小伙子学会打铁；划艇的姑娘当了炼钢炉长；救济户进了敬老院……

　　自然，这一切都比不上大搬家这桩事情重要。一提起这桩事，人们就兴高采烈，这家要找房子，那家要购家具，谈个没有完。一个八十多岁的老头儿对我笑道："赶上这桩大喜事，我总算没有白活了。"一个儿女绕膝的妈妈哼出两句方言诗句，表达自己的心情。那诗句是："食粥点盐上街（上岸）好，翻风落雨掩埋门。"诗句虽浅，感情却深。每年，夏秋之间挂起风球的时候，他们的心也就挂起来了。就是在平常日子，也有一些孩童连同绳索淹死在艇边。一想到这种情形，做母亲的就再也睡不好觉。她们是多么渴望到岸上来过安定的日子啊！

　　水上居民的来历，不可能完全相同。一部分是封建时代反抗过统治者的压迫，被驱逐而流落到水上来的。过去，他们不被准许上岸，不被准许参加科举考试，不被准许和陆上人通婚。反动统治时，他们又受着码头主、伪交通警察和"贼公"的层层压迫和剥削。那时节，他们做梦也没想过能到岸上来定居，甚至连码头也不大敢上，因为那里经常是流氓、歹徒为非作恶的场所。一个妇女说，1949年前，她长到十五六岁了，还未敢到海珠桥上走过，虽然她们的船曾经千百次在海珠桥底穿过。现在，这些噩梦似的往事已随着江水一去不复返了。水上人不但可以跑到岸上来，而且还搬到岸上定居了。

一幢幢新型的住宅散布在二沙头、如意坊、河南小巷等地方。这里面有渔民新村、居民新村、工属宿舍，不少人已经搬进新居了。有些人在雪白的粉墙上贴上一张党和国家的领导人的彩像，寄托着深沉的敬意。有些人在案桌上摆着一瓶花，享受着鲜花一样美丽和芬芳的新生活。特别在这个春节，人们的情趣就更浓厚了。不管打那些绿色的水上街道经过，或打他们岸上的新居前走过，到处可以看见一片热烈欢腾的气象。看吧，这里一堆是梳大髻、绞面毛的妇女，人人的发髻梳得又大又光又滑，眉儿修得又细又弯又长；那里是一群群熙熙攘攘尽情欢乐的大人、孩子。往年水上人家在春节前后拜神的特别多，可是现在情形大大改变了。

在河南小港新村，一幢新建成的工人宿舍里，我探望了一家上岸不久的水上人家。他们住着一间宽敞的大房间，冬日的阳光透过明亮的玻璃窗投射进来，满屋子都显得光明、温暖。房子安装着电灯、自来水，还有水厕。到处干爽、光洁，老奶奶和小孙孙们都过得很满意。在他们的屋子里，已看不到神龛和祖先神位了，有的是老奶奶当选先进工作者和卫生模范的奖状。原来这位老奶奶还是个"老积极"呢。谈起拜神，她告诉了我一段有趣的小故事：她很早就参加了街坊工作，不迷信了。可是儿媳妇过年过节，照旧烧她的香，拜她的神。信仰自由嘛，婆婆不干涉媳妇，媳妇也不干涉婆婆。可是上了岸，媳妇参加工作后也进步起来了。谈到这里，老奶奶爽朗地笑起来说："过去我们都拜了几十年神，哪里拜得出这样的好日子来呢！"

从水上到岸上，虽是几尺之遥，但是水上人民走了千百年还摸不到岸边。只有在党的光辉照耀下，他们才能回到坚实的大地上，开始了繁荣安定的生活。

（有删减）

读与思

历史更迭、岁月变迁，在充满水气息的老广州里，水绕着城，城绕着水，生生不息。水上人家形成了独特的水上文化——梳髻修眉。和漂泊的水上生活相比，疍（dàn）家人更憧憬能家在岸上，脚踏大地，仰望星空。水上人家逐渐落户渔民新村，这是一场有着划时代意义的迁徙，更是一场心灵的着陆，让世世代代的疍家人有了根、有了归属。上岸来的水上人家现在过得怎样？他们是依旧以打鱼为生，还是已经转型为新城人？有兴趣的孩子可以去了解一下，或许会有新的发现。

波光灯影话珠江

◎黄 雨

入夜时分，华灯初上，如果你沿着长堤或河南的滨江路散步，崇楼迭起，布列成阵，竞相高耸，参差有致，两岸的灯光，波上的光影，斑斓似锦，仿佛悬挂着一幅幅彩画。西望人民桥，一串彩色的明珠，为珠江系上了漂亮的腰带。东眺大沙头，繁灯如簇，自北而南，光芒闪射，使人疑是珠江的尽头，出现了天上的城郭。

有人把夜晚的珠江称为"灯河"。如果你乘着游艇，作"珠江夜游"，穿过波光，航行于灯影之上，你会深切地感受到这个称呼是多么恰切。这时，你所看到的灯影，又是另外一种形态。横列的霓虹灯光，洒落江上，水波粼粼，灯影粼粼，真所谓浮金泛玉，异彩纷呈。垂直的霓虹灯光，映入江中，好像色彩斑斓的苍龙，游戏水里，它是如此矫健轻灵，屈伸蜿蜒，蟠旋自如。在江波汇聚之处，灯影则互相交织，组成了各种图案，而又忽分忽合，瞬息万变，使你的感觉无法捕捉它的形象，笔墨也难以形容它的幻化。

光的美、色的美、朦胧的美、柔媚的美、变化的美、奇幻的美，组成了"珠水晴波"——这一羊城新景的美妙夜色。

而当你坐在游艇上，西入白鹅潭，或东出琵琶洲时，纵目眺望，在江烟迷蒙、水天相接之处，则是灯光疏落，光影难分，只有远近飘来的乐声，依稀可闻。这时候，你该会想到了"山在虚无缥缈间"的仙岛之类，别是一种幽玄的境界了。

摄影：邓志杰

　　珠江灯影，从前也有，但它给予人们以美感，却不是从前也有的。

　　清代时，沙面一带，即现在白天鹅宾馆所在之处，聚集着千艘以上的花艇。这些花艇，并排分列，中留水巷，装饰非常华丽。据倪鸿的《榕荫清话》所载，晚间"灯彩辉煌，照耀波间，令人应接不暇"。然而，这些波光灯影，实是歌伎们的泪光血滴所化成。如果说，这也具有美感，那是一种应该诅咒的糜烂的"美"。

　　1949年前，长堤一带，夜间排列着无数的小艇，江上也是船艇来去，颇为热闹。然而，绝大部分是小花艇、小渔舟、蜑家船，只有微弱的灯光，投下暗淡的灯影，无力冲开江面的黑暗。仿佛有意要显示那是一个暗淡的年代。

　　所以，从前的骚人墨客，要欣赏珠江夜晚之美，就只能借助于明月了。不是"鹅潭月色"，便是"珠江泛月"。表现于吟咏珠江的诗中也多如此。例如何梦瑶的《珠江竹枝词》："看月人谁得月多,湾船齐唱浪花歌。花田一片光如雪,照见卖花人过河。"又如梁佩兰的《粤曲》："琵琶洲头洲水清,琵琶洲尾洲水平。一声欸乃一声桨,共唱渔歌对月明。"还有朱彝尊的《夜泊珠江》所写的也只能是:"潮涌牛栏外,舟停欸户旁。月高人不寐,隔浦是歌堂。"

从江月的美到灯影的美,从自然的美到创造的美,今天,珠江之夜所提供给我们的,就不仅仅是一种美的享受了,它还会使人想起许多别的事情。我自己想到的是:现在要是月光照在江上,与灯影相比,必定是黯然失色。嫦娥女士也不会自认为"珠江夜月"是一种最美的景致了。

读与思

珠江美,珠江好,珠江胜于郭沫若的"天上街市"。作为广州城的母亲河,她孕育了一代代聪慧灵巧的广州儿女,她的美丽与创造不只有广州人才懂。作家黄雨把珠江的迷人、繁华与温情倾于笔端,带着我们再一次夜游珠江。谁持彩练当空舞?是飘动婉转的珠江。笛声灯影里的珠江别有一番独特的景象与情韵:听,珠江潋滟的水波里飘起了诗词歌赋;看,珠江夜月里映照着广州人创造的五光之城。

群文探究

一、渐入迷人眼，"悦"读广州城

五羊石、荔枝湾、珠江河、水上人家等让我们领略了老广州最具代表性的传说与风貌。"悦"读广州城，你有什么收获和感受？请你把读到的广州风貌与风情，用手绘的方式把它们描画下来，制作一幅简单的手绘导游图；也可以根据本组文章的内容画思维导图，做一个简单的回顾与介绍。

二、徒步阳光下，脚量珠江河

乘船游珠江、骑自行车游珠江畔是最常见的游珠江的方式。今天，我们尝试挑战自己，徒步走珠江。选择一个风和日丽的早上，找上志同道合的好友，带齐徒步装备，选定珠江边一个广州地标性建筑为出发点，以体力极限为标准，不限时间，看自己在体力极限内能沿着珠江岸走多少步，记录好步数。当然，我们通过这样特别的"行为艺术"来感受珠江时，别忘了注意安全哟！

第三章 漫步穗城

广州好，我问白云山。南国擎天成砥柱，松林泉唱晓霞丹。何日摘星还。

—— 朱光

"知者乐水，仁者乐山"，老广州里又岂止山和水？漫步穗城，远眺白云山，葱郁云山与荔枝湾、珠江辉映，羊城八景悠长恒远；新八景又鳞次栉比，于繁华现代之都广州来说，纯粹的山水之乐实在难得。而广州的包容远不止于此，陈家祠、广州碑林……这是传统与文化、诗与美的凝固，加上那独具韵味的经典咏流传——粤语童谣，让人发现一个不一样的广州，一个开放兼容、动静分明的山水广州、人文广州。

扫码立领
★ 名师朗读
★ 美文微课
★ 城市印象
★ 老城记忆

白云山

◎［清］钱以垲

山在广州城北十五里。每当秋霁，白云蓊郁其上，故名曰白云。

绝顶为摩星岭。山半有白云寺。寺左有溪名归龙，蜿蜒凭空，盘舞喷薄，潴以为湖。湖东北有遇仙桥，下有景泰、月溪二寺。林木相蔽亏，共成奇境。前有九龙泉，水帘双挂，瀑布千尺。

其北为鹤舒台。昔安期上升，白鹤舒翅以迎，故名。安期生，琅琊人，卖药东海，时人皆称"千岁翁"。秦始皇东巡，与语三日夜，赐金璧，度数千万。出阜乡亭①，皆置之而去，留书："以赤玉舄②一量③为报。"汉元光二年，方士李少君遇安期，与神楼散一匕④，师事之。尝言："臣师安期生食臣，枣大如瓜。"武帝深敬信焉。

台北七里为蒲涧水，产菖蒲，一寸十二节。安期尝居此，采而服之，七月二十五日仙去。今郡人多以是日采菖蒲。宋时，郡守尝醵⑤士大夫往游，谓之鳌头会。涧旁有蒲涧寺。其旁有滴水岩。上有一石，状悬钟，人至辄铿然有声。

又有飞泉，溅洒如雾，注为流杯池。沿涧而南为文溪，至越秀山麓则分流为二：左菊湖，右越溪。又会东溪诸水为甘溪。池驰雪骤，喧响四山，名曰静静水。吴刺史陆胤、唐节度使卢钧常疏浚以通舟楫。钧筑堤百余丈潴水给田⑥。建亭榭其上，列植木棉、刺桐。诸木花放，殷红十里，相望如火。南汉引以流觞，与宫女游宴，名甘泉苑。

又山北有峰曰宝象，有动石。游人叱之辄动云。

（选自《岭海见闻》）

注释

①阜（fù）乡亭：阜城的乡亭。安期生是阜城（今河北阜城）人。乡亭，建于乡间的公舍。

②舄（xì）：鞋。

③一量：一双。

④一匕：一羹匙。

⑤醵（jù）：凑钱聚饮。

⑥给田：供灌溉农田。

读与思

　　"远上寒山石径斜，白云生处有人家。"沿着白云山，拾级而上，总会想起杜牧这句诗。白云山让人迷恋的不是高峻山峰、奇石飞流，而是她由内而外散发出来的烟火气：恰恰是不高，所以男女老少皆可跋；有飞泉瀑布，但可亲可近，所以"黄发垂髫，怡然自得"。广州人喜欢白云山，觉得那青山绿水是自家后花园一般，可远观也可以闲玩，随时可以去呆坐一个下午。作者文章不长，却把白云山自然景观和人文景观充分展示出来，赋予了白云山更多的意义。

读陈家祠（节选）

◎洪三泰

现代色彩纷呈的广州，陈家祠（陈氏书院）却是古色古香的经典。

这一经典突然把我的目光吸引过去了。我凝视着它，仿佛听到古广州的喧嚣。我在仰读它的智慧和精神，细细品尝它所体现的民族文化的多元性、开放性和兼容性品格，历史和现实的图景交织起来了。

…………

我读陈家祠，读到了精美绝伦的结构独特、严谨、古朴的诗。我惊叹木雕艺人的木刻钢刀下中国历史故事动人的韵律。首进头门梁架上雕的"王母祝寿"，可听到贺声四起，一派歌舞升平；"尉迟恭争帅印"，有火药味飘出；《三国演义》中曹操大宴铜雀台的故事，那曹操坐在铜雀台上观看校场中大将们比武。徐晃与许褚在比武之后夺锦袍而争斗，似听到呼啸之风绕梁百年。由商至宋，人物各异，氛围各异。由中原文化的层峦叠嶂，到南方水乡文化的"渔舟唱晚"，由风俗民情到宗教文化，都饱含着南方楚楚动人的意境。而艺人的钢凿下，石雕灵动着，叮当声里，圆雕、高浮雕、减地浮雕、镂雕和阴刻赫然列阵，健硕的狮子、圆熟的阳桃、橘子、香蕉、人物、飞禽，多体诗文生于花岗岩中，定格在广州的时空里。你可以感受到刚烈的钢凿之下那万种柔情。多少人物叠垒而立于墙上。那是精细的砖雕！鸟、兽、果、叶、花、瓜，简直是农家博物馆。而数不清的历史人物在特定的时空里上演着一出出悲喜剧，至今还可闻古角声声。巨大的龙卷残云，在祠屋顶上，那是石湾陶瓷的古韵，与日月争辉，与星辰共鸣。鳌鱼翻身的传说，留着世人的惊骇。屋顶上的陶塑脊饰，缭绕着历史风云，那苍凉、那平和、那刚烈、那柔情，让你的心不能平静。那红狮、蓝狮的怒吼和狂喜声直入云霄。还有，庭院连廊的灰塑，留下多少山水名胜、花草鸟虫。山待着，水流着，花开着，鸟叫着，蜂飞着……岭南风光，万古长乐。还有，古人的诗韵，流布于白云红霞间，成为绝唱了。整个陈家祠是诗、画、乐、文汇集之所，你无法一一读懂。它们在日月星辰下，万古流芳。

读与思

建筑是一个城市的灵魂，是凝固的历史和艺术，是祖先勤劳和智慧的结晶。青砖红瓦，默然不语，却无不记录着历史的变迁，映照着岁月的低吟浅唱。陈家祠，老广州老建筑的根脉所在。没去过陈家祠，不能说去过广州。祠堂文化于南方文化一直是浓墨重彩的存在，作者对陈家祠雕刻极尽笔墨的细致描写，不仅仅是对陈家祠由衷的赞美，是对南粤祠堂文化的解读，更是对南粤能工巧匠们精湛技艺的盛誉。就让我们走进陈家祠，实地感受岭南建筑的精妙和岭南匠人们高超的技艺吧！

诗和美的凝聚

——广州碑林漫步

◎张振金

  去了一回广州碑林，心头永远竖起一块诗和美的丰碑。有时我从天河的家居推窗外望，见到一列长长的亭院式建筑群，自白云山的九龙泉向摩星岭延攀，在苍绿的树林中闪着银色的亮光。啊，广州碑林，作为一种文化和精神的象征，就是这样时刻都在广州人的身边，让你感到高雅又亲切。

  中国历代的文化书院都建在湖山胜景之处，文化因山水增辉，山水以文化添色，二者融成一体，即所谓"山水自然之奇秀与文章自然之奇秀，一而已矣"。广州碑林亦然。它深藏于九龙泉风景区的峡谷之中，背倚摩星岭而胸纳珠江水，脚下有高楼林立的广州大都市，于雄伟壮阔中保持了一派幽清宁静。碑林的建筑群依山傍水，攀崖而上，以室内置碑、露天立碑、摩崖石刻的形式进行布局，又融汇于园林造景之中；每一座碑刻皆从岭南数千年文化史中选取了最好的诗词、最好的书法，又在全国选取了最好的碑石和最好的刻工，进行精心的构作，如此美的内容和美的形式，全然是属于诗的。

  那天，我从九龙泉踏入碑林，一块巨大的碑刻迎面而立，上面刻着明代学者黄佐的《白云山赋》，旁边是一座长方形的白云山人物浮雕图，刻有屈大均、张维屏、苏东坡、陈邦彦、吕洞宾、陈子壮、李昂英等19位人物像，绝大多数是文人学者，这好像是碑林的序言，开头就给人以深厚的历史沧桑和浓郁的文化氛围。

摄影：邓志杰

　　我在摩崖石刻区蜿蜒攀登，石径陡峭而曲折，两旁怪石林立，花树掩映，声声鸟语已把山谷衬得甚是清幽，而读着石上"枕云""露林""岚影""静乐"之类的题刻，更使人如入远离尘世的幽寂之境。不过，那些跨越时空、感怀时世之作，不时在我心中激起阵阵搏动，那是林直勉的深沉吟咏："国人胥白贤，君子焉不学。"这位孙中山的秘书，在1925年5月的一天，陪同孙中山游览白云山，参观了各处寺院里历代文人的诗词墨迹，感慨之余，有感而发。书法庄重敦厚，仿佛一位智士长者在忠告世人要勤奋学习，全国上下皆做贤明之人。清代学者陈璞的一副楹联可谓警世浩唱："至乐莫过读书至要莫如教子，寡智乃能习静寡营乃可养生。"文辞华茂，字体苍劲，刻工传神，颇算"云山一绝"，游人读之，不觉怦然心动。尤其那些在商海大潮中被冲得昏昏然不知所向的人，读之更受教益。这时林间吹来一阵清风，顿然四周尘气尽扫，胸中欲念俱消，我终于领悟，那么多市民早晨登山不但为了多吸几口新鲜空气，而且为了多啜几许精神芬芳吧？还有一曲是前省长朱森林的坦荡歌吟："辟地开天入粤年，白云不改冀华迁；南疆更喜春涛壮，争说赶龙快着鞭。"这给碑林增添几分壮美，又使人从遥远的岁月回到今天的现实。大凡亦情亦景之作，皆能助人开阔视野、启发智慧、增添游兴的。关山月的一幅题刻，道出了这个道理："景壮入诗兼入画，行藏由兴不由身。"

南雅堂有两个宽阔的庭院，中间又有轩廊相连。嵌在墙上的诗刻密集而多彩，又以古代诗词为多。常听到有人感叹岭南文化积淀不深，其实是不尽然的，主要是秦汉以前文献散佚。在这里我一眼看到了苏东坡的诗刻《广州蒲涧寺》，它使我想象遥远的岁月。大约 1000 年前，苏东坡被放逐到惠州、琼州，曾游白云山并写了几首诗，《广州蒲涧寺》是其中一首，诗曰："不用山僧导我前，自寻云外出山泉。千章古木临无地，百尺飞涛泻漏天。昔日菖蒲方士宅，后来薝蔔祖师禅。而今只有花含笑，笑道秦皇欲学仙。"蒲涧寺古木荫森，飞涛百尺，原是仙医郑方士采药处，后来高僧所居。传说秦皇曾向方士学道求仙，又曾派人到白云山嘱他采撷九节菖蒲以作长生不老之药，苏轼记下了这段史实，又讽刺了秦皇的愚蠢。另一位宋代诗人方信儒在《菖蒲》诗中说："世间自是多凡骨，何用犹寻九节蒲。"像是给苏诗作了呼应。

在苏东坡之前，有谢灵运、杜审言、刘禹锡、韩愈、李商隐等一代名家之作，载入岭南文学史册。杜审言是杜甫的祖父，杜甫的诗风受他影响极深。这里有杜审言的一首《南海乱石山》。白云山古称乱石山，诗中描写白云山风景的奇谲：满山乱石，大小不类，"上耸忽如飞，下临仍欲坠"，气候日夜不同，"朝暾赤丹紫,夜魄炯青翠",而且鹤飞猿跃,"万寻挂鹤巢,千丈垂猿臂"。这幅使诗人"长时想精异"的图景,让我们想见当年白云山的真貌。更重要的是,杜审言和苏东坡一样都是贬官,他是被放逐峰州(今越南北境)的,面对个人的厄运,却安之若素,潜心著作,表现了自己的坦荡与超脱。这是很不容易的。一个人只有对人生抱着进取的信念和高尚的操守,才能"不汲汲于富贵,不戚戚于贫贱",对于世人所认为的荣辱得失,做到超然脱俗,无所萦怀。

出了南雅堂,有一条天梯似的石径,举首可见林木浓荫中有一组古寺格局的庭院紧靠崖壁之下,这就是以古人墨迹最多的仙墨轩。明清本是中国诗歌的衰落期,岭南诗坛却有一支异军突起,并先后在白云山结社,主要有南园诗社、越山诗社、后南园诗社、浮邱诗社、诃林诗社、南雅堂诗社等,聚集了陈邦彦、屈大均、陈恭尹、梁佩兰、张维屏等岭南著名诗人,明代三大学者丘濬、陈献章、黄佐,同时又是著名诗人。这里有陈献章的墨迹诗刻《应试后作》,他那刚健而飘逸的草体书法,令人们感到有些亲切和熟悉,因为毛泽东早年曾研习过它。陈献章的诗清新秀美又别具理趣。如《偶得示诸生》:"江云欲变三山色,江水初交十日秋。凉夜一蓑摇艇去,满身明月大江流。"表现了这位哲学家的淡远襟怀与宁静心境。碑林展出的诗刻,林林总总,异彩纷呈,又都像陈献章的诗一样,给衰落萎靡的明清诗坛吹来一股清新刚健之风。

康有为的一幅诗刻《骑马游登山顶》格外醒目,游人无不在碑前驻步细读:"骑马行行暮不归,萧萧红叶点人衣。风旋万里壑谷动,云合四山岚翠微。岁月堂堂今异昔,山川莽莽是耶非?峰顶立马扬鞭望,日淡天高云四飞。"描写自己骑马行于山上,不管红叶沾衣,寒风旋卷,雾气掩山,也不愿归去。因为此时诗人正在异乡，潜心著述《大同书》，想到"岁月堂堂"无情流逝，而自己改革现实、抗御外敌的思想还未实现，不禁对着祖国河山叹惜。最后以"峰巅立马""日淡天高"的高远境界寄寓诗人的胸怀和信念。康有为的草体书法别具一格，平朴中含奇崛，柔顺中见刚健，那起伏的节拍、流动的韵律，表现了诗中深远的意境，声情并茂，形神兼备，具有长久的生命力，实为岭南书法珍宝之一。

离开碑林，在云岩牌坊读到一副楹联："云开世外三千界，岩倚天南第一峰。"在白云山上俯瞰羊城珠水，顿觉心胸开阔，神思飞扬，因为在脚下这片土地上，不仅有山川之美，还有文化之美、精神之美。

读与思

　　说到碑林，世人只知西安有，却鲜知广州也有。广州碑林"养在深闺"，"深藏不露"。作者用饱含深情的语言、质朴真挚的笔墨，细细述说，娓娓道来，为我们掀开了广州碑林的神秘面纱。我们跟着作者一步一步走进这诗与美的凝聚，禁不住为这文化之美惊叹，岭南文化在中国上下五千年文化里绝不仅仅是浮世掠影。古往今来，多少文人墨客曾在这南粤山水前留下笔迹，将诗化作日月星辰，荡过被古人踏遍的山河，与繁闹的街市连成一片，文化气息悠长绵延。文章虽长，但值得细细品读；碑林不语，却记录历史，见证人文。感谢作者，让我们重新认识广州，重新为这片厚重而新鲜的神奇土地感到自豪。

粤语童谣两首

月光光

月光光，照地堂，
虾仔你乖乖瞓（fèn）落①床。
听朝②阿妈要赶插秧啰，
阿爷渠睇（dì）牛③要上山岗。
虾仔你快高长大啰，
帮手阿爷去睇牛羊。

月光光，照地堂，
虾仔你乖乖瞓落床。
听朝阿爸要捕鱼虾啰，
阿嬷④织网要织到天光。
虾仔你快高长大啰，
撑艇撒网就更在行。

月光光，照地堂，
年卅（sà）晚，摘槟榔。
五谷丰收堆满仓啰，
老老嫩嫩喜洋洋啊。

虾仔你快啲（dī）眯埋眼啰，

一觉睡到大天光啊。

 注释

①瞓落：睡下。瞓，方言，睡。

②听朝：明天早上。

③睇牛：放牛。

④阿嬷：奶奶。

落雨大①，水浸街

落雨大，水浸街，

阿哥担柴上街卖，

阿嫂屋企②绣花鞋。

花鞋花袜花腰带，

珍珠蝴蝶两边排。

排排都有十二粒，

粒粒圆亮无疵瑕。

 注释

①落雨大：下大雨。

②屋企：家里。

摄影：邓志杰

读与思

　　"月光光，照地堂……"当这熟悉的乡音响起，一些关于"乡情""童年""情结"的词语就会蹦蹦跳跳地向你跑过来。岭南水乡风情催生的独特童谣，成了粤文化的重要标志，更是流转在老广州街头巷陌的永恒光影。纯美清新的字句间，透露着童年的简单快乐；精致细腻的音律下，还原了儿时千奇百怪的想象，更重要的是让人记起儿时和父母、兄弟姐妹、小伙伴们一起度过的温暖时光。这些童谣就是一个个烙印，永远印刻在你心里最柔软的地方。你的童年一定也有一首难忘的童谣，是哪一首？你能唱给大家听吗？

群文探究

一、评选新"八景"，再读广州城

"羊城八景"是老广州的地标性风景，可惜现在只存三景。光速发展的广州，到今天又何止有八景？陈家祠、广州碑林、广州电视塔……在老广州和新广州之间，肯定有你们喜欢的新八景。请你选一处最喜欢的广州美景，为它设计一张专属名片，可图文并茂，争取让它成为新"羊城八景"的代表。

二、感受老广州，唱一首粤语童谣

"落雨大，水浸街……"，这清亮悦耳的粤语童谣，很多"老广东"一定耳熟能详。粤语童谣向来简易好唱，学会了《月光光》《落雨大，水浸街》，你是否觉得意犹未尽？来吧，亮一下你的金嗓子，晒一下你的大"白话"，学唱一首充满粤式风味的粤语童谣吧！

第四章　印象花城

广州好，花木四时春。旖旎繁英堆锦绣，缤纷香蕊落衣巾。只是为劳人。

——朱光

　　广州，不仅是为人们所熟悉的羊城，还有着另一个美丽的名字：花城。这里气候温暖，一年四季草木常绿、花卉常开。春来时，木棉花如炬；冬至时，萝岗梅似雪。广州人爱花，花也深刻影响着生活在这片土地上的人。秋天太短，办一场菊展留住秋色；春节喜庆，万人同游十里花街迎新春。且让我们走进本章，听花的故事，赴一场花的盛会……

扫码立领
★ 名师朗读
★ 美文微课
★ 城市印象
★ 老城记忆

诗两首

相　思

[唐] 王维

红豆生南国，春来发几枝。

愿君多采撷，此物最相思。

春节看花市

林伯渠

迈街相约看花市，却倚骑楼似画廊。

束立盆栽成队列，草株木本斗芬芳。

通宵灯火人如织，一派歌声喜欲狂。

正是今年风景美，千红万紫报春光。

读与思

　　迎春花市，是广州人独特的庆祝新年的方式，逛花街，看的、赞的、买的、满怀满抱带回家的，都是真真切切的春天的娇艳芬芳。南国红豆里有动人的思念、迎春花市上有纵情的欢喜。读这一组诗，"花城"广州给你留下了什么印象？

花城（节选）

◎秦 牧

一年一度的广州年宵花市，素来脍炙人口。这些年常常有人从北方不远千里而来，瞧一瞧南国花市的盛况。

…………

广州今年最大的花市设在太平路，就是历史上著名的"十三行"一带，花棚有点像马戏的看棚，一层一层衔接而上。那里各个公社、园艺场、植物园的旗帜飘扬，卖花的汉子们笑着高声报价。灯色花光，一片锦绣。我约略计算了一下花的种类，今年总在一百种上下。望着那一片花海，端详着那发着香气、轻轻颤动和舒展着叶芽和花瓣的植物中的珍品，你会禁不住赞叹，人们选择和布置这么一个场面来作为迎春的高潮，真是匠心独运！那千千万万朵笑脸迎人的鲜花，仿佛正在用清脆细碎的声音在浅笑低语："春来了！春来了！"买了花的人把花树举在头上，把盆花托在肩上，那人流仿佛又变成了一道奇特的花流。南国的人们也真懂得欣赏这些春天的使者。大伙不但欣赏花朵，还欣赏绿叶和鲜果。那像繁星似的金橘、四季橘、吉庆果之类的盆果，更是人们所欢迎的。但在这个特殊的、春节黎明即散的市集中，又仿佛一切事物都和花发生了联系。鱼摊上的金鱼，使人想起了水中的鲜花；海产摊上的贝壳和珊瑚，使人想起了海中的鲜花；至于古玩架上那些宝蓝、钧红、天青、粉彩之类的瓷器和历代书画，又使人想起古代人们的巧手塑造出来的另一种永不凋谢的花朵了。

摄影：邓志杰

　　广州的花市上，吊钟、桃花、牡丹、水仙等是特别吸引人的花卉。尤其是这南方特有的吊钟，我觉得应该着重地提它一笔。这是一种先开花后发叶的多年生灌木。花蕾未开时被鳞状的厚壳包裹着，开花时鳞苞里就吊下了一个个粉红色的小钟状的花朵。通常一个鳞苞里有七八朵，也有个别多到十二朵的。听朝鲜的贵宾说，这种花在朝鲜也被认为是珍品。牡丹被人誉为花王，但南国花市上的牡丹大抵光秃秃不见叶子，真是"卧丛无力含醉妆"。唯独这吊钟显示着异常旺盛的生命力，插在花瓶里不仅能够开花，还能够发叶。这些小钟儿状的花朵，一簇簇迎风摇曳，使人就像听到了大地回春的铃铃铃的钟声似的。

　　花市盘桓，令人撩起一种对自己民族生活的深厚情感。我们和这一切古老而又青春的东西异常水乳交融，就和北京人逛厂甸、上海人逛城隍庙、苏州人逛玄妙观所获得的那种特别亲切的感受一样。看着繁花锦绣，赏着姹紫嫣红，想起这种一日之间广州忽然变成了一座"花城"、几乎全城的人都出来深夜赏花的情景，真是感到美妙。

在旧时代绵长的历史中，能够买花的只是少数的人，现在一个纺织女工从花市举一株桃花回家，一个钢铁工人买一盆金橘托在头上，已经是很平常的事情了。听着卖花和买花的劳动者互相探询春讯，笑语声喧，令人深深体味到，亿万人的欢乐才是大地上真正的欢乐。

这个花市，也使人想到人类改造自然威力的巨大。牡丹本来是太行山的一种荒山小树，水仙本来是我国东南沼泽地带的一种野生植物，千百代人们的加工培养，竟使得它们变成了"国色天香"和"凌波仙子"！在野生状态时，菊花只能开着铜钱似的小花，鸡冠花更像是狗尾草似的，但是经过花农的悉心培养、人工的世代选择，它们竟变得这样丰腴艳丽了。"天工人可代，人工天不如。"生活的真理不正是这样么！

在这个花市里，你也不禁会想到各地的劳动人民共同创造历史文明的丰功伟绩。这里有来自福建的水仙，来自山东的牡丹，来自全国各省各地的名花异卉……各方的溪涧汇成了河流，各地劳动人民的创造汇成了灿烂的文明，这个熙熙攘攘的市集不也让人充分感觉到这一点么！

你在这里也不能不惊叹群众审美的眼力。人们爱单托的水仙胜过双托的水仙，爱复瓣的桃花又胜过单瓣的桃花。为什么？因为单托水仙才显得更加清雅，复瓣红桃才显得更加艳丽。人们爱这种和谐的美！一盆花果，群众也大抵能够一致指出它们的优点和缺点。在这种品评中，你不也可以领略到好些美学的道理么！

总之，徜徉在这个花海中，常常使你思索起来，感受到许多寻常的道理中新鲜的含义。十一年来我养成了一个癖好，年年都要到花市去挤一挤，这正是其中的一个理由了。

我们赞美英勇的斗争和艰苦的劳动，也赞美由此而获得的幸福生活。因此，花市归来，像喝酒微醉似的，我拉拉扯扯写下这么一些话，让远地的人们也来分享我们的欢乐。

读与思

一年一度的年宵花市是广州传统的民俗盛会。每年春节前夕，广州市郊和附近地区的花农，就会整理好精心培育的各式各样的鲜花，集中在广州几条主要街道上展卖，如荔湾区的荔湾路、越秀区的西湖路、天河区的体育中心等。一年一度的迎春花市繁花似锦，人海如潮，热闹非凡。

《花城》是秦牧描写的1949年后广州的花市。作家带着诗意的眼光，引领我们游历古老而又新鲜的花市。徜徉花海，"常常使你思索起来，感受到许多寻常的道理中新鲜的含义"。读了本文，你读出了哪些"新鲜的含义"呢？

木棉（节选）

◎［清］屈大均

　　木棉，高十余丈，大数抱①，枝柯一一对出，排空②攫挐③，势如龙奋④。正月发蕾，似辛夷而厚，作深红、金红二色。蕊纯黄六瓣，望之如亿万华灯，烧空尽赤⑤。花绝大，可为鸟窠，尝有红翠、桐花凤之属藏其中。元孝⑥诗："巢乌须生丹凤雏，落英拟化珊瑚树。"佳绝。子大如槟榔，五六月熟，角裂，中有绵飞空如雪。然脆不坚韧，可絮而不可织。絮以褥以蔽膝，佳于江淮芦花。或以为布曰"绁"⑦，亦曰"毛布"，可以御雨。北人多尚之，绵中有子如梧子，随绵飘泊，著地又复成树。树易生，倒插亦茂，枝长每至偃地，人可手攀，故曰"攀枝"。其曰"斑枝"者，则以枝上多苔文成鳞甲也。南海祠前，有十余株最古。岁二月，祝融生朝，是花盛发，观者至数千人，光气熊熊⑧，映颜面如赭。花时无叶，叶在花落之后。叶必七⑨，如单叶茶。未叶时，真如十丈珊瑚，尉佗⑩所谓"烽火树"⑪也。

（选自《广东新语》）

摄影：邓志杰

①抱：合抱。

②排空：凌空。

③攫挐（jué ná）：争夺，夺取。挐，通"拿"。

④势如龙奋：姿势像龙舞动的样子。

⑤烧空尽赤：燃烧，使天空全是赤红色。

⑥元孝：陈恭尹，字元孝，号半峰，晚号独漉，又号罗浮布衣，广东顺德县(今佛山市顺德区）人。清初诗人，与屈大均、梁佩兰并称"岭南三家"。

⑦绁（xiè）：古书上说的一种布。

⑧熊熊：通"汹汹"，形容喧闹或纷乱的样子。

⑨叶必七：木棉掌状复叶，有五至七个小叶，形状为长圆形，顶部呈渐渐尖锐状。

⑩尉佗：即秦汉时期的赵佗，他在秦末任龙川令，秦灭后创建南越国，号称"南越武王"。

⑪烽火树：据《西京杂记》载："积草池中有珊瑚树，高一丈二尺，一木三柯，上有四百六十二条。是南越王赵佗所献，号为烽火树。至夜，光景常欲燃。"

译文

　　木棉，树高十多丈，粗壮的树干需要好几个人才能合抱过来，树枝相对而生，凌空争夺的样子像龙在空中狂舞。木棉树在每年正月的时候就会生出花蕾，花开时就像辛夷花一样，但花瓣更厚些，有深红、金红两种颜色。木棉花的花蕊是纯黄色的，有六瓣花瓣，放眼望去就像是亿万盏精美的彩灯，把天空染成赤红一片。木棉花非常大，鸟儿可以在上面栖息，曾经就有红翠鸟、桐花凤等鸟儿藏身在木棉花中。陈恭尹还为此写了一句诗："巢鸟须生丹凤雏，落英拟化珊瑚树。"这句诗可真是妙极了。木棉花结的果实就像槟榔般大，五六月成熟，果实的边角迸裂开，果实中间有丝绵飞到空中，如雪花飘落一般优美。这些丝绵虽然脆弱不坚韧，不能织成布匹，但它可以用来做棉絮。棉絮做成褥子来遮掩膝盖，耐寒的效果要比江淮一带的芦花更好些。或者将它做成一种被称为"緂"的布，即"毛布"，能够为外出的行人遮风挡雨。很多北方人都喜欢它。丝绵里面还有像梧桐子一样的果实，随丝绵在空中飘荡，如果它在地面停歇，果实就会在土里生根发芽，重新长成树。木棉的树枝很容易生长，即便把它倒插在土里也能枝繁叶茂。木棉树的枝条很长，有时触及地面，人用手可以攀爬，因此被称为"攀枝"。也有人叫成"斑枝"，那是因为树枝上有许多苔藓花纹形成的甲片，像鱼鳞一般。在南海祠堂的前面，有十几株木棉树历史悠久。二月份火神祝融生日的时候，是木棉花盛放的绝佳时期，木棉花光辉熠熠，如熊熊火焰般，前来观看者人山人海，木棉花把人们的脸都映照得红彤彤的。木棉花开的时候，树是没有叶子的，叶子生长在花落之后。木棉的叶子像单叶茶，有七个小叶片。没有长叶子的木棉树，就好像十丈高的珊瑚，尉佗称其为"烽火树"。

读与思

　　木棉是广州市的市花，象征着广州蓬勃向上的生机。广州第一任市长朱光有咏木棉诗："广州好，人道木棉雄。落叶开花飞火凤，参天擎日舞丹龙。三月正春风。"三月，要是你到广州来，无论走到哪里，总会有一串串、一簇簇、一树树火红的木棉花映入眼帘。木棉花有清热解毒、降暑祛湿的功效，花落时，老广州人会把它晒干用来煲汤、煲粥、煲凉茶。木棉花还常被作为企业文化的标志，如花园酒店、南方航空公司、广州巴士公司等，均以木棉花为标志。到广州街头走走吧，开启一次独特的寻"棉"之旅！

菊展（节选）

◎陶　萍

看了万盆菊花，我认为菊花真称得上丰富多彩。著名的香花，如白兰、茉莉、含笑、九里香等等，可惜花不出众，颜色只有素白的。芍药、牡丹是够艳丽好看了，但花色也没有几种。菊花呢，颜色就多得数不清了。就说红色的吧，有桃红、杏红、石榴红、枣红、荔枝红、葡萄似的深浅紫红。黄色的，也有梨黄、杏黄、橙黄等等。而且菊展中的花色远比这些要多得多。我们只从几种花名中，也可看出其色彩的丰富。如：

名叫"宫粉牡丹""橙黄牡丹""金红牡丹"的，这是一个品种有几种颜色。

"墨云""绿云"是称一切花儿中最难得的绿色和黑色菊花。

还有的花儿花蕊、花瓣、花边颜色各不相同，再加有的花瓣正反面颜色不一样，初开至盛开又有变化，使得菊花的色彩绚丽缤纷。如：

"绿衣红裳"这种菊花是绿色花蕊、淡黄色花瓣、杏红色花边，那样鲜艳漂亮。

有一种花，初开时是杏红色，盛开时变绛紫色。一盆几十朵花儿，浓淡红紫各不相同，名字叫"万紫千红"，十分确切。

还有一个枝儿开出数种颜色的花朵，一朵花儿又有几种颜色的花瓣，名字叫"七变化"，这种花谁看了都觉得稀罕。

菊花种类繁多，除颜色外，也在于它的花形多样：花朵小的如天上星星，花朵大的如满月初升。花形有的平扁，有的起楼，有的浑圆，有的垂散。花瓣更是多样：有的似细管，有的似宽带，有的似短匙，有的似蜂窝，有的似细丝。再加花瓣或向里卷，或向外翻，或垂丝，或披散，千变万化，层出不穷。如：

摄影：邓志杰

名"银翩球"的，花色纯白，花瓣如蜂窝，花形如圆球。一盆几十朵花儿，像一层雪白球儿。好新鲜！

"金龙舞爪"，这种花瓣是金黄色，尖端卷起小钩。花瓣扭散着开放，似舞动着的龙爪。

"白天鹅"，这种花瓣色白如细绒。配托着浓绿色的叶子，远望多么像白天鹅在翩翩起舞。

"火舞"的花瓣又尖又红。一盆菊花，远望像一盆熊熊的火苗。

"蟹爪"呢，这样一朵菊花，真像用各样螃蟹腿堆砌出来的。

另有一类菊花，越看越耐看，为什么这么好看呢？一时也讲不清楚。等我一看花的名字，却道出了花的神情姿态。我为这类花叫好，更为这类名字叫"绝"！如：

名"绿柳垂荫"的，这花是白色花冠，洁润如玉，绿色花蕊，碧绿如翠，淡雅至极。这花使人联想起在柳树下歇凉时，清爽宜人的感觉。

"芦溪秋雨"，花是淡紫色，好像生在水边为秋风寒雨所欺，失去娇艳鲜红之色，但尚存清秀婀娜的风姿，从暗紫色中透露出秋天的凉意。

"晨装"，这种花儿白中透粉，好像映着日出时的霞光，柔润光泽，多么像清早女孩梳妆完毕，面带红晕，显出清新活泼的朝气。

千百种菊花，千百种名字。有的名字从色，有的从形，有的从神。名字中，有的用金、银、朱、墨，喻其色彩光泽；有的用霜、雪、云、霞，喻其品格气质；有的用蝶、莺、鹅、鹤，喻其生机神态；有的用狮、龙、麟、凤，喻其名贵珍奇。也有的用嫦娥、醉翁，喻其奔放、自然。看着花朵，赏着花名，有时一个花名激起一种愉快情绪，想起一种诗的意境，引起美好的生活联想。

我从心里敬佩这些为花起名的人，他们确实领会了菊花的特点。

读与思

羊城菊展自1953年首次举办以来，一直深受广州市民的喜爱。菊展多设在文化公园、烈士陵园、越秀公园以及4个老城区的多个公园，每年金秋时节，满城菊花飘香、姹紫嫣红。

菊花被誉为花中"四君子"之一，历代文人雅士有许多吟咏菊花的名篇流传后世。如：王勃的"九日重阳节，开门有菊花"，孟浩然的"待到重阳日，还来就菊花"。你还知道哪些呢？

菩提树·菩提纱（节选）

◎叶灵凤

　　菩提树当然以广州光孝寺六祖殿前的最有名。

　　菩提树很高。树干似榕树，许多枝干缠在一起，结成一个粗大的树身。树叶则似肥大的桑叶，不过比桑叶更圆。

　　在植物分类上，菩提树是与榕树同科的。著名的班逊姆氏的《香港植物志》，其中列举了十几种与榕树同科的树木，可惜所用的都是拉丁学名，不知哪一种才是我们中国人所说的菩提树。

　　广州光孝寺六祖殿前的菩提树，相传原本是六朝时智药三藏法师从印度携来种植的。但是今日所见的一棵，已非原物，因为

摄影：邓志杰

原树已经在清嘉庆二年（1797年）六月给飓风吹倒了。后来从南华寺分植了一枝过来，这就是今日所见的一棵。但南华寺的菩提树，原本也是从六祖殿前的那棵原树分植过去的，所以渊源有自，仍是一脉相传。据说传入中国的菩提树，以广州光孝寺的那一棵为祖。今日各地所有的菩提树，都是从这棵辗转分植出来的。

菩提树的叶子，有一特色。将它浸在水里若干时日后，漂去叶上的绿色成分，仅剩下纤细的筋络，宛如薄纱，俗称菩提纱。菩提纱上面可以写字，可以作画，又可以嵌作窗纱或灯纱，和尚往往制了送人，又可以卖钱。从前广州六榕寺里有好几棵菩提树，寺里的和尚就将这种洗干净了的菩提叶摆在花塔下卖给游人。香港的文具笺扇庄也有出售。这东西可以夹在书里，配了镜框，也可以挂在墙上。

读与思

　　"一花一世界，一叶一菩提"，广州光孝寺的菩提树是一棵著名的古树。据史籍记载，南朝梁武帝天监元年（502年），印度僧人智药三藏从西竺带来一株菩提树苗，植于光孝寺坛前。这棵树成为中国有记载以来最早移植的菩提树，今日各地所有的菩提树，都是从这棵辗转分植出来的。

　　广州气候温和，土壤湿润，阳光充足，一年四季树木常绿。广州还有哪些树？它们又有什么独特之处？一起去发现吧！

花城漫步（节选）

◎紫 风

当祖国的北方还是冰天雪地的时候，春天的翅膀已经驮着金子似的阳光和珍珠般的露水，飞临我们这个亚热带的城市了。

春天的翅膀是柔软的，它轻盈地在我们的上空飞旋。

尽管许多人还来不及察觉它的光临，而自然界的众多生物，已经热烈地向它伸出了欢迎的双手。

当你走上街头，会突然发现那转角处的一棵老榕树，不知什么时候已抖下一身枯叶，披上嫩绿的新装，透出无限生机了。

墙边屋角的爆竹花，也在人们不注意的时候，一个箭步蹿上屋檐，攀过树顶，不断地喷射着红色的、黄色的火焰，仿佛随时都要爆发出乒乒乓乓的巨响。

从白云山麓到五层楼畔，一丛丛一簇簇的杜鹃前几天还是含苞待放，这会儿已经舒开了那薄纱似的花瓣，悄悄爬上了山坡。兰圃吐着淡淡的幽香，湖畔的杨柳也抽出了嫩条，缓缓拂过水面……

于是，人们也渐渐感到空气湿润了，还不时吸到一丝儿不知从哪里飘来的香气，风和暖了，云彩也美丽了。自然，首先还是这满城的花木，我们的绿色的朋友，用它们芬芳的语言报道着："春来了，春来了啊！"

是的，又一个春天来了。

"好啊！又一个战斗的春天来了。"无数人的心底，不约而同地发出这样的欢呼。

春天意味着一年的开始，在这奔向四个现代化的峥嵘岁月里，意味着又一场战斗的号角吹响了。在即将来临的日子，它将催开多少工业、农业、科技、教育的红花，它将打响多少场辉煌的战役啊！

正当人们大踏步走上田野、矿井、车间、课堂……为着创造一个更美好的春天而战斗的时候，我们这些绿色的朋友，不只报道了春天的消息，也为了创造一个更美好的春天而拼尽全身气力呢。

如果你认为我说错了，那么，请你到这个城市的年宵花市溜达溜达吧，请你到迎春花会观光观光吧，过些日子，再请你到秋菊展览会端详端详吧。

大家都知道四年一次的奥林匹克运动会是万人竞技大会，那么，这些一年一度的花市、花会、菊展不也可以说是群花的竞赛大会、花农花工们的竞技大会吗？我看是的。

在这个城市生活过的人，谁不喜爱和珍惜大年夜的花市呢？不少外省的同志和国际友人也慕名而来。在严寒的夜里，在满城的爆竹声中，群花怒放，清香四溢。在霓虹光管的照射下，万紫千红，或披上朝霞的异彩，或喷射出宝石的奇辉，真是尽态极妍，气象万千。还在除夕到来的前几天，市内几个著名的花市就搭起花棚花架，架起电线，安装好灯光。来自四乡，满载着各式鲜花、盆栽、柑橘的大板车、小推车、卡车，深夜辘辘碾过街巷。清晨，在晓雾仍然笼罩着的珠江，也可以看到一艘艘满载花木的小艇如飞划过。而一到大年夜，这些花的流就形成花的河、花的海，在花市泛滥滚腾起来了。手捧柑橘、肩托花枝的买花人和看花的、

看热闹的人流又和
它汇合在一起，人
的浪夹着花的浪在
翻腾呼啸，汹涌澎
湃，恍如合奏着一
阕雄浑无比的迎春
交响乐。这里，桃
花在开放，山茶、
大丽在开放，墨兰

摄影：邓志杰

在开放……千百盆柑橘结着黄澄澄、金灿灿的累累果实，一株株
吊钟系满了一树树小铃铛。有"凌波仙子"之称的水仙刚刚茁出
花芽，疏影横斜的梅花暗香浮动……花木的清芬包围了整个城市，
几乎全城人都出动去看花，几乎"无人不道看花回"，这是多么
使人沉醉、使人激动、使人奋发的场景啊！鲜妍的花朵也开在人
们的心坎上，春天啊，已经鼓翅飞进了千万人的胸膛。

　　这就是除夕开放、黎明即散的南国花市。

读与思

　　在紫风的笔下，春天的花城，草木蓬勃生长，人们意
气风发。走进广州的迎春花市，这里人流夹着花海翻腾呼
啸，气象万千。"在这个城市生活过的人，谁不喜爱和珍
惜大年夜的花市呢？"就连"外省的同志和国际友人"也
会慕名而来。读罢《花城漫步》，你是不是也该来一趟广州，
逛一次花市？

群文探究

广州，一年四季繁花似锦，在这里的三百六十五天，每天都是赏花好时节。以下三个学习专题，请你根据活动的时间，以小组为单位开展探究学习吧！

一、花城识花

走上广州街头，拍摄你喜欢的花木，了解它们的花名、生长特点，并制作成花木名片。

二、花城咏花

历代文人墨客写花的名篇不少，请你与小伙伴一起收集写花的诗词，再分组汇报、朗读。你还可以试着为自己喜欢的花写一首诗。

三、逛花街

广州的迎春花市，是一道独具岭南特色的民俗景观。通过这一组文章的阅读，广州花市肯定给你留下了深刻的印象。今年春节就来广州逛逛花街吧！

第五章　食在广州

广州好，佳馔世传闻。宰割烹调夸妙手，飞潜动植味奇芬。龙虎会风云。

——朱光

芸芸众生，食事为大。"食在广州"，遐迩闻名。广州的美食，制作精、味道美、花样多、构思巧，传统和创新的名菜、名点、名小食、名风味食品不胜枚举，饮茶、喝汤更是当地一种独特的饮食文化。到广州来，不仅仅要看广州景点，更要尽情品尝广州的美味，亲身体验一城之中吃遍天下美食的无穷乐趣。阅读本组文章，通过广州食事，你会了解到广州独特的地方文化和民间风情。且让我们随名家一同去品尝老广州的风味，做一回真正的美食家，做一回地道的广州人。

扫码立领
★ 名师朗读
★ 美文微课
★ 城市印象
★ 老城记忆

茶 楼

◎柳 嘉

广东人喜欢喝茶，管喝茶叫饮茶，而且特别喜欢到茶楼去饮茶。所以广州的茶楼多，而且颇具特色，是别的地方所少见的。

瞧，那茶楼的门面就独具一格。多是高大门楼，廊柱雕花，或砌以彩色瓷砖。楼多两层或三层，有宽阔的楼梯可上，扶手饰以铜片。厅内多挂对联，摆设盆景花卉。好一派富丽堂皇的景象。这是典型的广州茶楼建筑形式，如有名的陶陶居、莲香楼、惠如楼便是。别的式样也有，例如有名的四大园泮溪、北园、南园等，则是石砌大门的园林式建筑。园内绿树婆娑，有亭、台、楼、榭，或临小池，或面小溪。茶厅陈设也大都古雅。门窗玻璃多刻虫鱼花鸟，光彩陆离，座位多为酸枝桌椅。茶楼的建筑也有西式的，如大同、南方大厦等，则是多层高楼，有电梯可上，内里的陈设则有中有西，或中西合璧的。但任何建筑式样都有大厅散座与房座。

不管茶楼的建筑式样如何，那风味则是共同的。一进门只见圆桌、方桌、大台、小台都坐满了人。有一家子同来共据一桌的，也有互不相识挤在一张桌子上的。边聊天，边喝茶，边吃点心。茶楼里传来一阵阵嗡嗡的噪音。听起来虽然没有节奏，但也并不刺耳。

广东人上茶楼爱吃"一盅两件"。所谓"一盅"，就是一盅茶；"两件"就是两碟点心。茶是"问位点茶"，你爱喝什么茶，就泡什么茶。茶博士请你坐下，把桌子一抹，便照你的吩咐备茶，什么水仙、龙井、普洱等都是有的。人多的用壶，一个人的用盅，放进一撮茶叶，用滚烫的沸水一冲，摆下羹箸，他便去了。如你的茶水已喝尽，只消把壶、盅的盖子翻过来，伙计就自会给你添满滚水的。至于点心，多是一种款式放在一个大托盘里，由一人双手捧着，嘴里边唱着那点心的名儿："烧卖、烧卖""叉烧包、叉烧包"，边从人们的座位间走过。听到合意的，便挥一下手，那人便停下来，随你取用。各式点心因价格各异，所盛的盘碟花式大小也各不相同。你吃罢伙计来算账，自会按碟论价，是错不了的。

　　广东人的饮茶有早、午、晚三种，饮早茶自然也包含了吃早餐的内容，至于午茶或晚茶则也有代午饭或晚饭的含义。我虽不常上茶楼，但也偶然带着一家子去凑个热闹，或者同二三友人商议点什么，也就以这茶楼作碰头的地方了。在茶楼里，不论你高谈阔论，或低声细语，都没人干涉你，而且也不必担心会让旁人听去。因为那嗡嗡之声已掩盖了一切声响，你说话除了对话者可以听到外，别的人就是想听也是听不清楚的。何况，来喝茶的都各自慢斟细品，自得其乐，谁有那号闲工夫去管你呢？但据我所知，有的人却的确有"茶瘾"，特别是一些中老年人，其中不少是工人，几乎每天早上必去。据他们说，这茶就得到茶楼上喝，在家喝，即使是什么名山毛尖，也是索然无味的。这有"茶瘾"的人何以必去茶楼始能甘味？颇引起我的好奇，做过一些考究。看来这瘾不外乎一是习惯，二是可以吃到称心如意的点心，三可就是那热闹气氛于人的吸引力了。如果你亲临其境，久而久之，恐怕也能感觉出这嘈而不杂、杂而不乱的气氛，实在有点喜人的热闹劲儿。到这里来，是倒也可以分享这千人百众共聚一堂的欢乐的。所以，于那有"茶瘾"的人，说到底，便是群聚足以助兴，而独处便觉索然罢了。

为什么广州的茶楼特多，而且不像北方的茶馆只喝清茶呢？看来有它的历史特点和地方特点。广州开埠早，商业特别发达，商人谈生意总要有个吃喝的去处。而广东人又特别讲究吃，"食在广州"是遐迩闻名的。所以这喝茶兼吃点心的茶楼便应运而生。因而广州有的茶楼历史悠久，百八十年的老字号颇有几家。就说那有名的陶陶居，开业于1885年，原名葡萄居。起初是黄某独资经营。1927年因创办人去世，歇业两年。1929年才由广州市酒楼业大资本家陈伯绮、谭杰南集资四百零八股顶受，重新扩建，并从恩宁路柳波桥一间茶室买回一块"陶陶居"的漆金招牌，传说是康有为的手书，下款有"南海康有为"字样。1931年才改名为陶陶居茶楼，即到此其乐陶陶的意思。当年陶陶居之所以出名，是因为老板驱使店伙每日从白云山顶运回九龙泉水泡茶，后来又以公开征求店名对联的手法广肆宣传。那录取的对联是："陶潜善饮，易牙善烹，恰相善作座中宾主；陶侃惜分，大禹惜寸，最可惜是杯里光阴。"它至今仍悬挂于茶楼的雅座之上。

广州茶楼的特色，其实不在茶而在点心。多精心制作，讲究色香味，花式品种也多得惊人，据说在千种以上。至于传统名点，都各有一段掌故可资谈助的。例如虾饺，比拇指稍大，呈弯梳形，皮薄半透明，馅料隐约可见。因其外形美观，爽滑，美味可口而不腻，便成为几十年来茶楼必备的老牌点心了。据说，这款点心始创于20世纪20年代广州河南区（今海珠区）五凤乡的一间家庭式小茶楼。此楼临河，河面常有鱼艇划过叫卖鱼虾。茶楼老板为了招徕顾客，便别出心裁，购当地鱼虾，加上猪肉、竹笋等原料作馅制成虾饺。这新品种上市后，便因其味鲜美而驰名一时。还有那甜点心萨其马，它的得名也有一段掌故。据说清代有一位从京城来广东的将军，姓萨而又好骑马、狩猎。他每次外出狩猎，必令厨子为他制作多种点心以供食用。他因各种点心款式都已吃过，颇想尝新。一次他把厨子叫来，要厨子搞些好吃的新款式，否则就要重重责罚。厨子领命后一时不知所措，偶然想起日前在街上看到小食档有卖广东蛋散的，样子不错，乃仿效制作。不料做来做去，炸生的面皮总是碎不成块。他急中生智，乃将面皮碎片浇上糖浆凝结成块，切成小件送去。不料将军尝试后大加赞赏，问此点何名。厨子心想将军姓萨，又好骑马，乃顺嘴答曰"萨骑马"。以后便风行一时了。

如今广州的名茶美点，经过这百数十年的改进，特别是1949年后的着意经营和这几年的恢复发展，便更花样翻新，品种层出，叫人看起来琳琅满目，吃起来其味鲜美，实在是非同凡响的。而各茶楼又多别出心裁，巧制美点，形成独具一格的"招牌名点"，以吸引顾客。例如陶陶居的鸳鸯鸡蛋挞、莲蓉擘酥角，莲香楼的莲蓉月，成珠楼的鸡仔饼，南方大厦的透明马蹄糕，都是闻名已久的了。近年来经点心师的精心钻研、巧妙制作，点心的色香味便更上一层楼了。广州泮溪的特级点心师罗坤，有点心状元的美誉。他的点心特色在于色鲜味美形似。他用芋头丝炸成"鹊巢"，放进由鸡粒、虾饺、火腿等原料精制成的"蛋"，然后将"鹊巢"置于经过消毒的翠竹之上，制成生机勃勃、有自然色彩的形象美点"翠竹鹊巢蛋"；又用蛋白砌成一座富士山，使"富士红豆糕"大为生色。近年，罗坤又新创制了"百花田螺酥""火树银花脯"

等十多款点心。尤其是他的"绿茵白兔饺"，犹如白兔嬉戏于绿草丛中，不但形象逼真，而且味道极为鲜美。其他著名的特级点心师，还有北园的陈勋、南方大厦的何世晃。他们的制作也各具特色，很有水平。而大公餐厅的名师陈华则以制作精美的西饼而著称。这些点心，有干有湿，有咸有甜，也有咸甜兼备的。现在不但大茶楼不断精心研制，努力创新，而且没有名气的小茶楼也在力求改进，以广招徕，已有什么南国鲜奶冻、香莲炸软卷、樱桃水晶挞等新款式上市了。这不能不说是广州人民的口福不浅了。

广东俗话有称到茶楼饮茶为"叹茶"。我以为这"叹"字颇能绘形绘神，表达出那品味、享受的意境。

读与思

广州人爱饮茶。"一盅两件"，一份报纸，几句街坊间的问候，"老广州"惬意的一天由此开始。到了周末，一家老小便围坐一桌，点上当天限量的各色点心，聊天喝茶。可见，广州人爱上茶楼饮茶，其意不在茶，在于分享共聚的欢喜。而广州茶楼的特色，不在茶而在点心，《茶楼》一文介绍了各色精美点心，你有感兴趣的吗？

荔湾·鸡扒·艇仔粥

◎黄天骥

假日，忽动"怀旧"之兴。我出生在广州西关，便往荔湾区的方向走。

荔湾区，得名于这里原有的一条小河"荔枝湾"。过去，河湾里的荔枝树丛丛簇簇，水面上的花舫儿悠悠晃晃，有人低斟浅唱，有人荡起双桨，颇有点南京秦淮河的风韵。小时候，我曾在荔枝湾上划船，吃过艇家煮的"艇仔粥"。

到20世纪中叶，荔枝湾湮灭了。后来人们在其原址附近，挖筑了荔湾湖，如今成了荔湾区命名的标记。我久不到西关，荔湾湖便为"访旧"的支点。

走进荔湾湖公园，放眼望去，一镜平湖，水光荡漾。湖畔也种着荔枝树，掩映着亭台楼阁。我记得，这地方原是一方方鱼沼

摄影：邓志杰

菱塘，经过多年整治，竟成了开阔俊逸的大湖。我到过济南的大明湖，荔湾湖虽不及它的古雅，却透露着清新的现代气息。漫步湖边，记忆中荔枝湾的小桥流水和眼前的潋滟湖光，在脑海里形成了奇妙的叠印。

走累了，饥肠辘辘，我想起了艇仔粥。附近黄沙大道公园出口，湖边就有一餐厅，我见它环境优雅，怡然入内，点名要粥。谁知这里并不售粥，墙上倒写着"鸡扒大王"四个大字。环视顾客，吃的也多是鸡扒。既来之，则安之，横竖衬着荔湾湖的现代气息，我就吃鸡扒也罢！

我吃过扒鸡、扒鸭。扒者，烩也，属粤菜烹调之法。至于鸡扒，则是西方菜式。我到过国外访问，自然尝过鸡扒，这里以"大王"自命，莫非有过人之处？等到侍者捧来鸡扒，浓香扑鼻；细品之下，甘嫩鲜美，发觉它在洋味中又兼粤味，我大快朵颐，心满意足。

记得荔枝湾头的艇仔粥，是把柴鱼、猪骨熬成粥底，再加上海蜇皮、炒花生、鲜鱼片之类。艇家们把滚烫烫的液汁和脆生生的固体，汇于一炉，竟成了广州人饮食的品牌。荔湾湖的鸡扒，样式来自西方，味道又不尽似西方。我颇感兴趣，仔细一问，原来洋人在煎肉后才加佐料，这里则是把鸡肉腌制后再行煎。手法略有不同，味道便发生了质的变化，使鸡扒出现中西结合的特色。

广州人，素来有包容创新的传统。这种精神，在饮食文化中也表现出来。如果说，荔枝湾头的"艇仔粥"，能把不相统属的东西，匪夷所思地结合成和谐的统一体，说明了上一代广州人的机灵，那么，荔湾湖的鸡扒，能把西方传统食谱拿过来改造翻新，则说明了新一代广州人的聪慧。此两者，如果没有包容的气度、创新的追求，是不能点铁成金、变平凡为神奇、化洋荤为中用的。

当然历史条件不同，现代的广州人和境外接触颇多，口味也发生变化。荔湾湖的鸡扒制作，钻研西方烹饪精粹，根据自身的审美情趣加以改造，多少体现出时代变化的讯息。

沧海桑田，荔枝湾不复存在，这未免可惜。不过，广州人珍视传统，抹不去对水光荔影的记忆，便在新的条件下因势利导，蓄水成湖，让婆娑的荔枝树依然可以摇曳照影，让黄童白叟依然可以泛舟水面。仔细一想，如果荔枝湾依旧存在，那么，它在高楼林立的现代化大都市里浅窄地穿行，反似小家碧玉，形态局促。现在，人们摄取水乡特色，把一缕溪流化为一片湖光，少了几分俗艳，多了一番俊朗，让城市容度开阔，品味舒展。这一来，荔枝湾改为荔湾湖，未尝不是好事。显然，因时制宜，因地制宜，是广州人精神的内核。基于此，广州地区，一直与时俱进。

从在荔枝湾头吃"艇仔粥"，到在荔湾湖畔吃"鸡扒"，我想到时代的进展。我意在访"旧"，想不到从视觉和味觉中作焙了"新"。在夜色中，我走出荔湾湖，从高架路上望去，万家灯火，熠熠生辉，也把我怀旧的心照得通亮。

读与思

广州人珍视传统，抹不去对水光荔影的记忆。作者循着小时候的印记走进荔湾区，寻找老广州的味道——艇仔粥。如今，荔枝湾改为荔湾湖，湖畔有了新的美食——鸡扒，对此，作者的心境有了什么变化？你又如何理解"万家灯火，熠熠生辉，也把我怀旧的心照得通亮"这句话？

老火靓汤或者凉茶

◎梁凤莲

　　我好像有点等不及要把所有的焦点对准这碗汤，我已经闻到它的香气从时间的深处飘来。书写广州老城的悠长滋味是断少不了这碗靓汤的，品味旧城街巷的风韵情调似乎也不能缺了这碗老汤的调适润泽。

　　都说"吃在广州"，而一碗老火靓汤，便把广州人情性根梢的食疗本质涵盖无遗了：包容、调适、融会贯通、静候、无为而有为等等。讲饮讲食，口腹之乐慢慢被放大沿用为人生哲学，反过来去调适性情趣味。于是，日子就在广州人的这种收放自持中变得闲适散淡，变得怡然自在，变得可恃可待、可作为可变通了。

　　平民百姓的营生，最大的一片天就是日子，保持自尊的底线就是善待日子，这是否就是为人处世最后的道义呢？

　　我们从小就是被汤水喂养大的。我们的肠胃，确切地说我们的性情，离不开那碗汤。所需都是平常普通之物：一只搪烤砂锅，圆而深；一个蜂窝炉或是煤球炉，适合于明火开锅文火细熬。那蕴藏在或荤或素药材配料里的食物药膳精华，在汤水里投胎转世、浓香润滑，几个小时后，只现质地，而没有形相了。此情此状，是可以比附为岁月的研磨的，机锋内敛，却不显山露水。

　　厨房在走廊的另一头，我坐在大厅那张孤零零的太师椅上，乱翻书，老汤的香气像一群舞姿翩翩的精灵，婀娜地舞动而来，飘飞的长袖旋动在屋子的各个角落。那香气厚实、平和、殷勤而温暖，让人轻易就生出了恋恋不舍，弥漫着家的味道。夏天多半是陈皮西洋菜鸭肾汤、鲫鱼甘菜汤，冬天要么是南北杏菜干汤、马铃薯红萝卜骨头汤，要么是霸王花五花肉汤；再好一点的荤汤，既以肉鱼为主，又以党参、鹿茸等药材及章鱼、海螺等海味干货搭配。于是，四季日子的调适滋补，便五花八门、层出不穷了。明火、文火熬出来的老火靓汤，就这样被郑重其事地置放在餐饮的头牌位置，寻常人家的大餐便饭，都离不了这碗汤。

年复一年，月复一月，餐饮的嗜好与习性就这样养成了，是否有满桌菜肴，似乎抵不过那碗好汤，不仅是提神开胃舒服顺畅，更在于诸般滋味都在这细品慢咽中。所以，老火靓汤除了讲究火候和配料，同样不能小觑调味与温热。天冷的时候汤汁一定要烫嘴，那是实实在在对咽喉肠胃的慰问；天热的时候，那汤温同样要适度到不忍，嘬着嘴慢慢地喝，绝对不是牛饮，那份感恋与珍惜就出来了，回味返寻之余，也会沉吟三叹的。无论大餐还是便饭，我真的在乎那碗汤。劳作了一整天，匆忙了一整天，好像就等那碗汤陪我放松怡然一番，饮食果腹，还有什么比这更值得计较的需求与讲究？

水养的人生，多半是通达放松的，亦多半是婉约自如的，夏天可以解暑热，冬天可以润干燥，对于肠胃，激浊扬清的功效更是不言而喻的。从饮食而延至性情，这老火靓汤也实在当得起举轻若重、于平淡处显神奇了。如同广州盛行的凉茶，春夏秋冬都和日子相伴随，在湿热潮闷、冰寒冷滞处，隔三岔五喝上一碗，用的同样是老火，熬出来黑乎乎的汁液，于苦涩处回甘，于苦尽甘来中守候。喝凉茶，广州人似乎喝出了一种境界，我甚至觉得喝出了一种哲学，奇妙的是尽在不言中，揽尽了人生参不透却又有迹可循的玄机，简直可以说有那么点"大音希声，大象无形"的大智慧。

那片街巷对面就有一间名震一方的凉茶铺"三虎堂"，光是店名就有无尽内涵了，我上学放学必定从店铺门前经过，那散溢开来的苦涩中有隐约的甘香，闻多了，便觉异常醒神和舒畅。个把星期，我多半是跟着父亲来到这里，站在铜茶煲擦得锃亮、地上被凉茶汁渗泡得墨黑的店铺前，看师傅把茶煲的提把一摇，茶碗里注入满满当当的一碗凉茶，就那样站着，急急地热热地猛喝下去。有时因为灌得太急，有时亦因为凉茶太浓太苦，我的眼泪都逼出来了。才一会额头已是汗津津的，我求援似的看着父亲，他却是一副慈祥和做了一件善事的样子，于是花一分钱在店铺的大玻璃缸里换一粒糖，让我含在嘴里，算是奖赏了。那热激出来的一身汗，倒真像卸下了一些什么沉疴，往家走的时候，我的脚步都变得轻快起来。

小时候体质弱，喝凉茶几乎成了我的功课。自家的小火炉也常熬一些汤药，身体一有什么不适，便去伯爷邻近的医院抓几剂中药回来吃，母亲总是认为一吃就好，所以，家里的厨房时常飘着药香。面对一碗黑乎乎的汤药，我眉头不皱，一口气就灌了下去。然后，我捧着那撑大了的胃，像等着那些汤药在体内驱逐病魔似的，品咂着那苦药味一点点在口腔里跳动着，竟是老久不散，那苦有时会不知不觉惹出难受的情绪。这种所谓的吃苦让我慢慢地学会了忍受、学会了一点一点地撑着，缓过劲之后，一切都会慢慢好起来的。

不知道这种经历是否会沉积为一种思考，我倒是经常对一些寻常事情的表象，作一些不轻易放弃的追问，不知道这会让我变得更睿智，还是因为执迷而变得更不合时宜。那年读研毕业后，那折磨我多年的肌瘤有点不妥了，可我作为女人的人生还没开始呢。于是，我四处延医问药，开始了长达一年不间断地喝中药的经历。为此，得专门生一个小煤炉，看母亲天天蹲在药煲前守着，我只是感到一种刀剜一样的疼痛，为自己的无助与无用，那种情绪的汹涌比我躺在医院的急诊室里打阿托品和吸氧气还要猛烈，一点一点淹没过来的苦涩让人只能屏着气挺着，无从妥协，也不知道往哪逃逸。药煲一年中竟煲坏了几个。那时就想，可惜我生不逢时，要是能成为一个地下党就好了，绝对能以死相抗，不泄露任何秘密。只是，我现在仅是为一己的身体，以这种方式历练，而恍觉这也许是借此锤炼我的意志，也许是让我加倍感恩日后可能出现的甘甜，让我隐忍、不弃、感念，要学会爱着并且无怨无悔地付出，也许我有幸被拯救吧。这一切可能都是，也可能都不是，没有什么经历会烟消云散、会无缘无故。

轮到我儿子，每次生病喝药，也是很豪气地一饮而尽，冥冥中的遗传使他承接了我的思虑和禀性吗？也好，知菜根而后达观，知苦而后惜甜。我有幸，算是用汤药换得了那么点人生的启蒙，也不妨说是启迪吧。

读与思

广州老城的悠长滋味少不了老火靓汤，旧城街巷的风韵情调也不能缺了老火靓汤的调适润泽。广州人喝凉茶也喝出了一种境界，于作者而言甚至喝出了一种人生哲学。本文平实的文字中有着款款的深情，让我们一起读，一起品吧！

荔枝诗三首

种荔枝

〔唐〕白居易

红颗珍珠诚可爱，白须太守亦何痴。

十年结子知谁在，自向庭中种荔枝。

摄影：邓志杰

食荔支①二首（其二）

〔宋〕苏轼

罗浮山下四时春，卢橘杨梅次第新。

日啖荔支三百颗，不辞长作岭南人。

注释

①荔支：即荔枝。支，通"枝"。

新荔枝四绝（其三）

[宋] 范成大

甘露凝成一颗冰，露秾冰厚更芳馨。

夜凉将到星河下，拟共嫦娥斗月明。

读与思

　　荔枝原产于我国南方，被誉为岭南佳果之首。它是最富有传奇色彩的水果之一。据传，赵佗臣服汉朝时，即献上荔枝，得汉高祖赐以蒲桃锦为报。汉武帝非常喜爱荔枝，他平定南越后，在首都长安建扶荔宫，宫中移植交趾荔枝百株，仅一株稍茂，但终无结果。唐朝杨贵妃爱吃荔枝，唐玄宗便下令从军中抽调战马，使用皇家驿道运送岭南的新鲜荔枝，劳民伤财，杜牧有"一骑红尘妃子笑，无人知是荔枝来"的诗句加以讽刺。这些故事都说明古时荔枝是多么宝贵。

　　历代学者对荔枝都给予很高的评价。唐代张九龄说："状甚环诡，味特甘滋，百果之中，无一可比。"凡到过岭南的人，莫不为荔枝所吸引，宋代苏东坡有诗言："日啖荔支三百颗，不辞长作岭南人。"荔枝如此多娇，引得无数诗人为它吟咏。你还知道哪些描写荔枝的诗句呢？找出来，读一读！

群文探究

阅读本组文章后，你是否对广州美食垂涎三尺了呢？赶快行动吧！

以下两个专题活动，请选择其中一个进行探究。

一、介绍一道粤菜

粤菜即广东菜，是中国四大菜系之一。粤菜包罗万象、品种繁多，有豉汁蒸排骨、白云猪手、煲仔饭等等。请你挑选一道你喜欢的粤菜，了解它的制作过程，说说它的故事。

二、寻访一家食店

广州市内现有大小酒家、茶楼五千多间，经营早点夜宵的小食店更是遍布大街小巷。你知道广州还有哪些出名的茶楼吗？它们有哪些特色？约上你的家人或小伙伴，一起去"探店"吧！

第六章　广府风情

广州好，端午赛龙舟。急鼓千捶船竞发，万桡齐举浪低头。屈子不须愁。

——朱光

一方水土孕育一方文化，一方文化滋养一方人。"北人赛马，南人竞渡"，醇酒似的珠江水，被小船划出条条浪迹，宛如鲤鱼翻身时泛起的光。岸上人流随着龙船的穿梭而流动，人声鼎沸，热闹非凡。奋楫争先，百舸竞渡，于力量与速度中传承广州人的精神！

扫码立领
★ 名师朗读
★ 美文微课
★ 城市印象
★ 老城记忆

风雨看龙船（节选）

◎杨羽仪

端午节前一天。

狂风挟着大雨震撼着大地。天河区的人们却在欢呼：好风好水呵，去看龙船啰！

江岸，一百多年的大榕树，像个村中的长者，占着独尊的位置，在风雨中立着。雨打芭蕉，它们狂喜地跳着霓裳羽衣舞。竹子俯下身躯，狂吻着芭蕉叶，它们按捺不住内心的激动，摇曳着，狂吻着……

河两岸，里三层，外三层，尽是撑着彩伞的人们。人们还在"叠罗汉"，再挤，就要掉到河里去了。乡下人有办法：榕树上的横枝，拱桥上的桥孔，还有河畔新楼子的"近水楼台"——每扇窗户、每个阳台、每座天台，无不挤满了人。河岸是人的海，楼上是人的山。人山人海，在风雨中沸沸腾腾的。

一位华侨老太太坐在老榕树下。也不知她是专程来的，还是顺路来的，听说刚刚过了九十大寿，就乘飞机来看龙船竞渡了。适逢"龙舟水大"，她也不减兴。坐了一会儿，她又不满足于这个得天独厚的位置，觉得离水边远了一点（其实只有三四米），恳求几个姑娘把她扶到临水的埗（bù）头上。水乡的埗头，多是青麻石砌的，有的结构严谨，一块嵌着一块；有的结构松散，走下河时，高一块低一块的，反而富有节奏感。她在埗头上坐下来，离水面只差一步。一枝浓浓的榕树枝，为她撑着绿"伞"。伞中有伞，她独得一份安详，惬意地微笑着，两手微微向后撑着，脚随意地伸向埗头的下一级石阶，微仰着身子，一动不动地望着待发的龙船。

…………

砰！群雄角逐，百舸竞发。

顿时，鞭炮声、锣鼓声、风啸声、雨泼声、船上桡（ráo）手拼搏声，岸上啦啦队呐喊声，挟着高天的滚滚雷鸣，大江上震荡着一曲雄壮的生命协奏曲……

我不准备描写在河里沉睡了一年如今涂上新彩的龙船，如何昂首翘尾的英姿；不准备细看每一艘龙舟上显示的图腾和彩幡，如何富有东方古国民族的特色；不准备从桡手们穿着的彩衣裤上，去渲染大江的浓烈色彩；也不准备描绘那些桡手如何万众一心，催动龙船在大江上疾驰……

我的目光落在龙船的指挥者身上。

他是个小伙子。不像交响乐团的指挥那么训练有素，他豁达、自然、野性，甚至半裸着上身，浑身黑里透红，像上了油彩那样发亮。雨泼在他的身上，立刻飞溅，不留半点痕迹。他焕发出原始健美的力度，挥动着指挥棒，左一下，右一下，龙船的大鼓、大锣以及桡手的呐喊，仿佛都是从他的指挥棒的尖端发出的。龙船在江面上疾驰，指挥者已不是机械地做动作了，而是从心里传导出一种伟大的力的精魂，诱发出一股潜在的力量，身躯从上到下依次弯成显示强力的弓形，使人遥想起楚霸王的一句名诗："力拔山兮气盖世……"

他的力是潜在的力，以少胜多的力，以有限胜无限的力。那潜力，从龙船的"脊梁"，传到坐在每个"脊梁"上的桡手，于是，

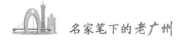

千桡万桨，浪遏飞舟……

他的身躯似乎在不断长大，脚踏一江水，仰面向着东方，挥动着双臂，在指挥，在催动，在呼唤——在人们久慕而未能腾飞的悲喜交互的热泪中，搏击，希冀着产生腾飞的奇迹。

这热泪，不是空流吧！洒下大江便是中华儿女的一腔热血。

指挥者的手，向着东方——

东方蕴伏着的，是什么？

大江东去，东方有一条出海的蛟龙。

他在龙船上指挥着，颇有叱咤风云的气概。风雨的后面，便是瑰丽的霞光，便是伟大的光明。

他要指挥着龙的腾飞。

万众一心，力度和速度在上涨，呼唤着龙的腾飞。龙船渐渐若即若离了。

摄影：邓志杰

万众一心，力度和速度在扩张，呼唤着龙的腾飞。龙船上有两个跳"扭摆舞"的壮士，他们跳的是龙的舞蹈，像蛟龙在江面上翻腾、滚动、弯弓、腾飞……风雨浑然一体，云也在翻卷着，像眠熟了的兽形的波澜，又回复了伟大的呼唤，配合着指挥者呼唤龙的腾飞。

岸上有人挑着几埕（chéng）酒来了，每个喝酒的人都豪爽地喝一大碗。酒，驱寒，壮胆；酒，焕发豪情。忽然，有人大胆提议："龙船也要喝酒哩。"人们立刻响应。一个壮汉手捧着一大埕酒，伴着锣鼓的敲击节奏，把酒洒向天空。酒在风雨中飘洒，带着漫天的酒香，渐渐地，飘落在龙船上。于是，两岸响起震耳欲聋的欢呼：

"龙船喝酒啰，龙船会飞啰！"

轰隆！就在这一瞬间，天地猛然出现一道闪电，劈入大江中，大江一片飞白。龙船刚好在"空白"处，加上桡手万众一心，龙船似飞出水面。龙船腾飞了！

哪怕只有千分之一秒的腾飞，它还是腾飞了吧！有千分之一，就有百分之一的希望，就有十分之一的希望，就有一秒、十秒、永恒腾飞的希望。

试想想，中华民族在六千年前的民族社会里，就有腾飞的奢想。那长安城外的半坡村，原始人用过的陶罐上就有飞人的图案，腾飞是原始人的幻想。人类的安琪儿，不就是插翅的英雄么？然而，中华民族盼望的，不是在古老大屋堂前匾后吃蚊子的蝙蝠式的飞，不是软尾巴、轻盈盈的燕子式的飞，而是"其翼若垂天之云……背负青天"的鲲鹏之飞，是气吞山岳、震荡大海、旋转宇宙的龙的腾飞。

　　然而，历史上的龙的传人们总是添上了沉重的翅膀、受伤的翅膀，使龙的腾飞成了一句空话。如今，多少热切的眼睛望着这龙的横空出世啊！

　　就在这不易觉察的千分之一秒的腾飞中，那位华侨老太太似乎感觉到了。她微侧着脸，把身子向前微倾，打破了两个小时的"定格"形象，脸上的菊花皱纹都烫平了，使劲地为龙船鼓与呼。

　　龙船出水了，龙船腾飞了，龙的传人要腾飞了……

　　天上的风雨呼啸着，四岸呼啸着，龙船的桡手们呼啸着，交汇成一支熟悉的《龙的传人》之歌……

读与思

　　广州的端午龙船习俗历史悠久，具有丰富的文化内涵，是广州文化和精神的组成部分。"扒龙船"还蕴含着广州人敦亲睦邻，村与村之间、宗族之间"走亲戚"联谊的重要意义。通过作者对赛龙船的桡手们、龙船的指挥者栩栩如生的描写，你是否身临其境地感到热血沸腾，忍不住为震撼人心的赛龙船呐喊？

珠江竞渡诗序

◎［清］傅维森

在昔祈阳春暮，萧结批其州符①；淮南水嬉，杜亚饰以油彩②。
金明池畔，澄波掷瓯（ōu）③；鱼藻宫中，舞殿合乐。类皆画
鹢（yì）横浦，飞凫建标，共娱佳日于春秋，匪庆芳辰于地腊④。
别有逆涛鼓棹（zhào），上迎伍君；中流击楫（jí），凭吊屈子。
吴楚异俗，著诸记载；端阳故事，沿乎岁时。既群欢而乐康，遂
增华而变本。羯（jié）鼓劈浪，千雷倏轰；兰桡闪波，万剑交
掣（chè），鱼沫喷薄，横吹彩竿；龙髯（rán）卷舒，怒拂绣臂；
烈采咸奋，奇观莫名。固不独界河习战，纷纵游观，沅（yuán）
江打标，争夺胜捷已也。

珠江东趋虎门，南接羊驿。受灵洲之灌注，合郁水而湍（tuān）
流。浮石过雨，蚝（háo）光淡明；古榕照水，鸟语高下。香雪微涌，
浸半篮之素馨；火云飞渡，载一叶之丹荔。人望冥渺，鲛宫贝阙
之乡；随潮往来，蜑（dàn）女龙郎之宅。俄而节届天中⑤，人游
水上，阳侯舞浪，孟姥迎歌⑥，两龙奋飞，六鹢退避，金声震地，
朱旄（máo）丽空。轻帆与急桨齐趋，西驿共南湖角胜⑦。时则
慈度寺外，罗衣若丛；文昌阁前，画楫如织。夺锦潮沸，鼓阗（tián）
水声；送神夜归，灯灿星点。纤月遥上，管弦渐高；微波暗生，
篙橹忽响。斯亦胜地之美景，游乐之佳话也。

昔横汾（fén）宴镐（hào）⑧，李适寄咏：争标发鼓，张说题句。
储光羲之纵观，兴会不浅；杨万里之邂逅，道途斯慰。皆以延览

风景，流播翰墨；矧（shěn）兹胜会，驾言⑨临眺。楼台金粉，居然六朝；花月繁华，宛在一水。同好小集，留题若干。朗吟高启之句，间看游船：重访忠简之居，若睹遗范。幽赏未已，试酬郭功父之诗；后尘可步，窃拟骆宾王之序。

注释

①祈阳：当作"祁阳"，县名，今属湖南省。萧结：五代祁阳令，不畏强御。方暮春时，有州符下，取竞渡船，刺史将临观。结怒批其符曰："秧开五叶，蚕长三眠，人皆忙迫，划甚闲船！"守为止。州符：州府公文。

②杜亚：唐德宗时淮南节度使。江南风俗，春中有竞渡之戏，亚欲轻驶，乃令以漆涂船底，又使篙人衣油彩衣，没水不满。李衡在坐，曰："使桀、纣为之，不是过也！"事见新、旧《唐书》本传。

③金明池：在宋代国都开封西郑门西北，周围约九里。掷瓯：宋太宗曾于"淳化三年三月，幸金明池，命为竞渡之戏，掷银瓯于波间，令人泅波取之。因御船奏教坊乐，岸上都人纵观者万计"。

④地腊：道家五斋祭日之一，在农历五月初五。

⑤天中：端午节的别称。

⑥阳侯：古代传说中的波涛之神。孟姥：古代传说中的船神名。

⑦西驿、南湖：唐代张说《岳州观竞渡》诗有句云："鼓发南湖溠，标争西驿楼。"此则借指竞渡双方。

⑧横汾：据《汉武故事》，汉武帝尝巡幸东郡，在汾水楼船上与群臣宴饮，并自作《秋风辞》，其中有"泛楼船兮济汾河，横中流兮扬素波，萧鼓鸣兮发棹歌"一句。宴镐：《诗经·小雅·鱼藻》："王在在镐，岂乐饮酒。"郑玄笺："岂亦乐也。天下平安，万物得其性，武王何所处？处于镐京，乐八音之乐，与群臣饮酒而已。"后世遂用"横汾宴镐"作为天下太平君臣同乐之典。

⑨驾言：指出游。

译文

　　从前在祁阳晚春之时，萧结批阅当地的州府公文。淮南水上竞渡，杜亚用油彩装饰船。金明池边，宋太宗向澄澈的池水扔小盆；鱼藻宫中，歌舞升平。这些场景大抵都与轻舟渡河有关，不仅仅在地腊节这天，而是在四季晴朗美好的日子里都一同玩乐。另外人们顶着浪涛划桨迎接伍君，船行驶在水流中，船上的人敲打着船桨凭吊屈原。吴国与楚国不同的风俗都用文字记载，端午旧例也因袭相传。众人都欢快安乐，于是增加精彩的活动，改变原来的旧俗。竞渡时，羯鼓的声音将波浪劈开，仿佛无数个雷一同轰响；许多小船在波涛中闪躲，就像万剑交错，浪花汹涌激荡，就像鱼所吐出的水沫，还有彩竿奏响《横吹曲》；船头的龙须收卷又张开，船上的划手奋力甩动着绣臂；人们旺盛的精神都振奋起来了，这样的奇观实在是难以言喻。因此各船没有独自在界河练习作战，而是众多人一同游玩观看，沅江夺标后，大家争相夸赞胜过自己的人。

　　珠江往东流向虎门，南边与羊驿相接。受到灵洲山水的浇灌，汇集郁水而成急流。浮石经过了雨的洗礼，江水波光粼粼；老榕树的影子倒映在水中，鸟鸣声从高低错落的树影中传来。素馨花香微微在空气中涌动，芳香四溢；属于夏天的火红云朵像一条条小船在空中越过，给人们载来了一船船甜美的荔枝。人们遥望远处虚无缥缈的，像是传说中鲛人居住的用贝壳装饰的华美宫殿；随潮水往来的，是水上居民的家。不久，端午节到了，人在水中游，波涛之神舞着浪花，船神迎着歌声，两条龙振翅腾飞，六只鹢鸟路过也向后飞退避，钲声震动着地面，旗帜飘扬在空中。船桨急促地滑动，船也飞快地前进，竞渡双方共同较量。这时在慈度寺外，身着绮罗衣物的人们聚集在一起；文昌阁前，华美的画船密密地排列着。夺锦时刻，紧张的现场气氛似乎让潮水也沸腾起来，热烈的鼓声夹杂着水声充斥着周围；祭祀之后，送神夜晚归去，璀璨的灯光星星点点。月牙慢慢升上了夜空，奏乐也渐渐到达高潮；水面泛起微波，篙橹的声音响起。这就是好地方的美景，游乐中的美谈啊！

过去横汾宴镐，李适借此咏诗；争标击鼓，张说以此题句。储光羲放眼观看，兴致颇浓；杨万里与美景不期而遇，在路途中也感到欣慰。他们都凭借着四处游览风景来传播诗文；况且现在是这样的盛会，更要出行登高远望。富丽堂皇的亭台楼阁，安然度过六朝；繁华的景色，仿佛从未改变。大家都爱编文集，留下若干诗题。高声朗诵高启的诗句，似乎看见诗中的游船；再次拜访李忠简的居所，仿佛看到他生前的模样。幽雅的观赏还未结束，又试对郭功父的诗；追随前人的脚步，默默拟写骆宾王的诗序。

读与思

文章洋洋洒洒，酣畅淋漓地写出了赛龙船的震撼场面！细品这句"羯鼓劈浪，千雷倏轰；兰桡闪波，万剑交挈，鱼沫喷薄，横吹彩竿；龙髯卷舒，怒拂绣臂；烈采咸奋，奇观莫名"，你从中体会到广州人有着怎样的精神呢？

粤海饮茶

◎江励夫

广州人把上茶楼（酒家）去饮茶称为"叹茶"。"叹"即"享受"之意。叹茶，就是边饮茶边吃包点，边聊天边看报纸，慢斟细酌，一副悠闲之态。"叹早茶"就包含了享用早餐及其他的内容。一个"叹"字，十分传神，饮茶的内涵、情致和神态都出来了，非常妙！这是民间口语一个出色的创造。

上茶楼饮茶，已成为广州人的风俗习惯，成为广州人日常生活的一部分。通常早上朋友熟人见面，会问："饮佐（了）茶未？"或索性随意说声："饮茶啦！"作为打招呼用语。碰到高兴的事，则会说："请饮茶啦！"

广州人上茶楼饮茶这种独特的生活方式，是和经济文化、地理气候、人文风尚等因素相联系，长期沿袭发展而逐渐形成的。

广州人饮茶的历史，大概可以追溯到唐代。那时，茶圣陆羽到过广州，他的《茶经》在广州流传；不过那时饮茶只限于在家里，作为公众饮茶的地方，恐怕只有"茶亭"或"茶寮""茶坊"吧。

到了清代，广州出现"二厘馆"，那是茶楼的前身。"二厘馆"是简陋平房，木板凳，粗陶茶具，茶价低廉，每位只收二厘钱，因而得名。二厘馆有清茶和简单廉价食物如松糕（发糕）、大包供应，劳苦大众进馆，既可饱肚，又可歇息聊天。

后来，就有茶居出现。茶居比二厘馆高档些、舒适些，小康和有闲阶层也愿意进去了。茶居兴盛起来，随后有茶楼出现。早期茶楼多是三层，比茶居高档。

广州最早的茶楼，大概要算位于河南区（今海珠区）的成珠楼（始名成珠馆）。成珠楼原有一旧木匾，下款署乾隆年代。1946年成珠楼举行开业200周年纪念庆典。推算起来，成珠楼至少有250年的历史。

但广州第一家上档次的茶楼，至光绪年间才出现，那是位于十三行的三元楼，楼高四层，装饰华贵高雅。广州人讲"上茶楼"，大概是从这时开始吧。

后来有些茶楼也叫"居"，如陶陶居、陆羽居、天然居等，还有茶室、酒家，也叫茶居，互相混称，并无区别了。

广州现存最古老的有名茶楼要数陶陶居。陶陶居开办于光绪六年（1880年）。其地原是一大户人家的书院——霜华书院，后改作茶楼，名叫"葡萄居"。后茶居易手，新老板姓陈，此人肚里有点文墨，灵感一动，改招牌为"陶陶居"，寓到此饮茶乐也陶陶之意，与原招牌相比，字音不变，内涵却丰富、高雅多了。

陶陶居的招牌，是康有为所写。这里有一段故事。传说康有为第一次上书光绪不达，回到广东，1891年于广州创办万木草堂，讲学授徒，著书立说，传播变法思想理论。课余之暇，间或到陶陶居饮茶。其时，陶陶居的新老板黄静波，见康有为一副夫子模样，谈吐不俗，学生众多，学问高深，颇有名气，想借其名声张大店名，便请求康有为为陶陶居写招牌。康有为欣然命笔，写下"陶陶居"三字，沿用至今。康有为的手迹，果然为陶陶居增光不少。

广州的茶楼，具有鲜明的地方特色。由于广州气温较高，茶楼首重环境，地方通爽，座位舒适，布置雅致。许多茶楼厅房挂有字画、楹联，有的还有鱼池石山、花木盆景等园林景色，如泮溪、北园等，环境既佳，食物上乘，才受欢迎。茶楼是体现"食在广州"、体现广州饮食文化的地方，最讲究饮食质量，讲究"茶靓水滚"。"水滚"即泡茶的水要沸，以刚沸的水（即"虾眼水"）为最好。从前还讲究"水靓"，即水质好，茶才香滑。百年老字号陶陶居1949年前就曾以白云山九龙泉水泡茶作招徕顾客的手段：每天雇十几个挑夫上白云山，以木桶盛九龙泉水，上贴白云寺和陶陶居封条，呼喝着招摇过市，上下午各一次。这一来，陶陶居之名借山水名茶更广为人知了。至于包点食物，则讲究色、香、味，在款式、制作上，既传统又出新。从前广州人上茶楼，流行"一盅两件"，如今则不拘件数，点心辅以粥品、肠粉不等，比以前丰富得多，选择性大得多了。广州茶楼点心之精美、品种之多样，堪称全国之冠。

广州的茶楼，既是讲饮讲食的地方，又是亲人聚会、交友联谊等各种社交活动的重要场所。广州人习惯有事上茶楼"斟"（洽谈、商议）。例如"斟"生意，乃至择偶相亲，都到茶楼进行。从前陶陶居设有"卡位"（有间隔的座位），有些男女就在卡位"相睇"（相亲）。有不少居住在西关的粤剧艺人、老倌，也常在这里聚会，举凡组新班、聘角色、请"棚面"（乐师），都在这里敲定。有的"开戏师爷"、编剧则在这里"度桥"（设计粤剧故事情节，讨论粤剧脚本）。据说粤剧泰斗薛觉先，也屡到陶陶居饮茶开饭，与同行们谈艺。广州茶楼林立，客似云来，每逢双休日及节假日，饮早茶不易找到座位。许多大茶楼每日三茶两饭，早茶外还开下午茶、夜茶，人气旺盛；有的茶楼下午或晚上，还有曲艺茶座，茶客们一边品茗、一边欣赏粤曲，真是一乐也。

在广州茶楼饮茶，委实是一种享受。故大凡到广州的人，都要上茶楼领略一下这浓郁的地方风情，品尝一下南国的名点美食。名人雅士对广州茶楼也饶有兴趣。毛泽东在广州，就曾和柳亚子上过茶楼（据说是在妙奇香茶楼，那是毛、柳第一次交往），后来两人写诗唱和都提及此事。柳亚子于1941年11月诗呈毛主席，有"粤海难忘共品茶"之句。1949年4月，毛泽东写《七律·和柳亚子先生》，首句即云："饮茶粤海未能忘。"两位诗人都未能忘情于广州饮茶的往事。

民国时期，鲁迅在广州，也多次偕同许寿裳、许广平到过北园、陆园、妙奇香等茶楼；郭沫若、刘海粟也曾在泮溪、北园题诗题词，给予赞许。

在广州茶楼饮茶，真是乐也陶陶。广州市前市长朱光曾以《忆江南》词牌，填写了多首"广州好"，其中一首道出了饮茶的情味——

广州好，茶室且清宜。名点山泉常品赏，楼头风月约相知。共话太平时。

读与思

广州的饮茶风俗已有悠久的历史，茶楼业也有100多年的历史。广州的茶楼文化让我们在享受茶香的同时，感受茶楼里面轻松愉快的氛围。你喜欢老广州的早茶吗？快和小伙伴们说说你的理由。

粤韵悠悠

◎梁凤莲

有些人生的变化就是一连串的心理和生理的反应，如同化学和物理的反应。在这个过程中，因为有能量的汲取，同时有能量的释放，一定会有新的物质生成，而生成的是什么物质，就取决于我们把能量都集中在哪里。

当爱好成为一种素养，当天性与潜能受着导引，当禀性被修剪、被呵护着，也许日后的变化就在这种不知不觉的储蓄中完成了。正是这些看不见的含量，根本地影响着一个人的质地，影响着一个人生活取向的不同结果。可以这么说，习性与心智差了多远，距离和高低就差了多远。

日常生活中，我们能看得见的、以为正在发生着作用的因素始终是有限的，生活的表象把那些关键的因素遮蔽了起来，比如文化背景、人文因素、观念与潜意识、性情的优劣与心地的正邪等。所谓"差之毫厘，谬以千里"，这毫厘有时甚至是致命的。命运的终场看似相近，意义与价值却是不可同日而语的。

我一直猜想，旧时广州市井生活的那种闲适和自持，那种活色生香，是否更富于与艺术相关联的趣味，或者更容易催生与艺术相关的情怀？对生活用平和的心态去品味鉴赏，这本身就离艺术不远了。

沉溺在广州的日常营生里，我的胡思乱想被老汤茶水滋养着疯长。当舒展、明快、摇曳、悠长的广东音乐在小巷里响起

来的时候，那节奏和情绪，和我们有着天然的血脉关联。当千回百转、缠绵幽缈、飘逸闲适的粤韵小调儿，随着旧时人家保存下来的留声机播出的黑胶唱片，随着港澳舶来的录音机卡带的唱段，一遍遍地把悠悠粤韵融合在日常呼吸的空气里，不知什么时候起，我们都成了粤曲小调儿迷。调门儿响起，我们都能跟着咿呀吟唱、声韵传情。原来，这本来就是血脉认同的乡韵情歌。

母亲对粤曲痴迷，竟然有着衷肠难道。声音清亮盈动的母亲，豆蔻年华时家住西华路一带，一心想跟邻街那个有名的花旦学唱曲，而做生意的公公断不会让自己的长女学唱戏——在当时，名伶戏子被认为是等同于三教九流的。于是母亲便把这份爱好，小心翼翼地包裹起来，闲散下来的时候，就抖弄一下，自娱自乐着，随着自家或是邻舍播放的乐音，接一段再唱一段，竟不

摄影：邓志杰

知道她从什么时候起通晓了那么多曲目。绵长的用心，有时候就抵得上一种能力，甚至是才华了。

或唱或演的粤曲，都是一些情绪里无由诉说的倾情，伤春悲秋、恩怨情怀、家仇国恨、人生失意与仕途登科，或是花儿在春天绽放、在严寒天折，或是爱不能得的疼痛，为那一刹那的相知、一瞬间的感动、一时间的癫狂，最终多是痛苦与折腾后的大团圆结局。于是广州人嗜好粤剧粤曲，便是在过日子的庸常平淡中，作一点化出化入的移情和忘情，这已经是借助艺术的力量，来普度一下不那么诗意和浪漫的人生了。这种嗜好其实本身已经有那么点艺术了。

我于粤剧粤曲的心情与喜好，原也如此。不像父亲那一伙亲朋好友，竟是亲力亲为以私伙局的方式偿愿，那梦一时三刻做得全情投入，甚至是淋漓尽致。兴头到时，本是团聚宴会的正事也顾不上了，腾出一块空间，各人亮出自己带来的乐器家伙，就琴瑟和鸣、箫笛横吹地弹唱起来了。有可充当旦角小生的，就来一段折子戏，若没有，就大伙边玩着乐器边轮流唱上一段。父亲多是摇沙锤和敲铜钱，摇头晃脑间，声声动情、段段入韵，真是陶醉啊，围观的人已经把家门堵上了。如是者，真是歌舞升平，这日子过得有滋有味。那旦角的兰花手，那小生的饿马摇铃头，莲花台步圆场水袖，良辰美景奈何天，赏心乐事谁家院，不过是偷得浮生一点闲的雅趣，想象一下，就有点怡情入性，不知今夕何夕了。

由此，沉寂单调的日子就有些声色光影、霓虹晃动了。广州的空气多半是潮湿的，小巷的青石板多半是不爽的。摇曳生姿、唱腔婉转的粤曲，穿行在潮重的气息里，恍如美目流盼、婉转多情，缓缓而来，缓缓而去，把人那一刻的心神都拽去了。我不禁回头，小时候悠然舒展、回荡生姿的粤剧粤曲，总是让我的心思欢悦、沉吟，长大了才知道它确实能让繁杂的情绪放松，有那么一时三刻的怡然忘情，借他人情愫的酒杯浇自己怅然无明的块垒，摇头晃脑间也是当值。而那私人家里藏起来的戏服，凤冠霞帔、官袍蟒服，虽因多时不见天日色彩有点黯淡了，却依然让人恍如入梦，那是凡俗人生激情穿越的所在。

所以，对于悠扬粤韵，我始终不变那温和散淡之心，如在台下的一隅，看台上酣畅淋漓的演绎，声声入耳，偶尔吟唱，也颇有点愁肠百结、大江东去的释然。真个是鸟语花香，个中曼妙是血浓于水的认同，不能说，不能解，一说就错了，只可意会，或者是声声传情，聆听回味中，滋味当如移步换景呢。

读与思

粤曲是用广州方言（粤语）演唱的汉族传统曲艺，是广东地区最大的地方曲种。2011年，粤曲经国务院批准列入第三批国家级非物质文化遗产名录。许多老广州人都喜欢在休闲时间听粤曲，偶尔哼几句。你又听过哪些粤曲？尝试唱一唱。

粤曲《荔枝颂》

◎陈冠卿

卖荔枝。身外是张花红被，轻纱薄锦玉团儿，入口甘美，齿颊留香世上稀。什么呀可是弄把戏？请尝个新，我告诉你：这是岭南佳果靓荔枝，果中之王人皆合意。

说荔枝，一骑红尘妃子笑，早替荔枝写颂词。东坡被贬岭南地，日啖荔枝三百余。好佳果，品种各异：爽口"桂味"，肥浓"糯米糍"，荔枝早熟早上市，"三月红"有名气，增城"挂绿"美名驰，"黑叶"荔枝甜又脆。

乡村姑娘，带着一班小伙子，成群结队摘果去，珠江两岸歌声起，万艇千帆，载荔枝。

说荔枝，一果一木来非易，多少园丁挥汗雨，换来万紫与千红。枝垂锦弹含春意，隔山隔水心连心，献给四海五洲兄弟，万般情意，情如荔枝蜜甜，心比荔枝果核更细致，荔枝花开香万里。

荔枝，听我来为荔枝唱颂词。

卖荔枝。

读与思

　　《荔枝颂》是脍炙人口的粤曲，由著名编剧家陈冠卿填词作曲。曲词高度概括了荔枝的不同品种、味道和特色，使人听了真想去品尝一下各种荔枝的风味。

群文探究

阅读本章，开展一场"广府风情"研学活动。根据你的兴趣爱好，选择自己喜欢的专题，以小组为单位进行专题探究。

主题一：广州赛龙船比赛的解说员

读了《风雨看龙船》，你一定还在回味着赛龙船激动人心的场面吧！假如在赛龙船的现场，请你担任赛龙船比赛的解说员，向观众朋友介绍一下比赛的情况，尝试把你的解说词写下来吧！

主题二："一盅两件"分享会

广州别具风格的饮食和丰富多彩的烹饪艺术，在海内外素有盛名，故有"食在广州"之说。广州点心更是款式繁多，咸甜兼备，计有1000多种，为全国之冠。你最喜欢哪些粤式菜肴和点心？说说它们有哪些特点。

第七章　红色名片

广州好，三月吊黄花。七二英雄溅碧血，
万千豪俊拔龙牙。辛亥耀光华。　　——朱光

　　这里是首批国家历史文化名城之一；这里是紧跟时代进步潮流，发挥地缘、人缘和深厚的岭南历史文化底蕴优势的圣地；这里是一座英雄的城市，是一片红色的热土。在中国近代革命斗争的洪流中，它敢为人先，一次又一次地肩负起挽救祖国和民族命运的重任。

扫码立领
★ 名师朗读
★ 美文微课
★ 城市印象
★ 老城记忆

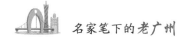
《黄花岗烈士事略》序

◎孙中山

满清末造①，革命党人历艰难险巇②，以坚毅不挠之精神，与民贼相搏，踬踣③者屡。死事之惨，以辛亥三月二十九日围攻两广督署之役为最。吾党菁④华，付之一炬，其损失可谓大矣。然是役也，碧血横飞，浩气四塞，草木为之含悲，风云因而变色，全国久蛰⑤之人心，乃大兴奋。怨愤所积，如怒涛排壑，不可遏抑，不半载而武昌之大革命以成，则斯役之价值，直可惊天地、泣鬼神⑥，与武昌革命之役并寿。

顾⑦自民国肇造，变乱纷乘，黄花岗上一抔土，犹湮没⑧于荒烟蔓草间。延至七年，始有墓碣之建修，十年始有事略之编纂；而七十二烈士者，又或⑨有记载而语焉不详，或仅存姓名而无事迹，

摄影：邓志杰

甚者且姓名不可考，如史载田横⑩事，虽以史迁之善传⑪游侠，亦不能为五百人立传，滋可痛已！

邹君海滨以所辑《黄花岗烈士事略》丐⑫序于予。时予方以讨贼督师桂林，环顾国内，贼氛方炽，杌陧之象⑬，视清季⑭有加；而予三十年前所主唱之三民主义、五权宪法为诸先烈所不惜牺牲生命以争者，其不获实行也如故，则予此行所负之责任，尤倍重于三十年前。倘国人皆以诸先烈之牺牲精神为国奋斗，助予完成此重大之责任，实现吾人理想之真正中华民国，则此一部开国血史，可传世而不朽；否则不能继述先烈遗志且光大⑮之，而徒感慨于其遗事，斯诚后死者之羞也。

余为斯序，即痛逝者，并以为国人之读兹编者勖⑯。

注释

①造：时代。

②险巇（xī）：形容山路危险，泛指道路艰难。

③踬踣（zhì bó）：遭受挫折。踬，被东西绊倒。踣，跌倒。

④菁：通假字，通"精"。

⑤蛰：蛰伏。

⑥直可惊天地、泣鬼神：简直可以使天地震惊，使鬼神悲泣。

⑦顾：但是，却。

⑧湮（yān）没：埋没。

⑨或：代词，有的，有的人。

⑩田横：秦末起义首领，原为齐国贵族。在陈胜、吴广大泽乡起义后，田横与兄田儋、田荣也反秦自立，兄弟三人先后占据齐地为王。后汉高祖刘邦统一天下，田横不肯称臣于汉，率五百门客逃往海岛。刘邦派人招抚，田横被迫乘船赴洛阳，在距洛阳三十里地的偃师首阳山自杀。

⑪传：名词作动词，替……作传。

⑫丐：请求，乞求。

⑬杌陧（wù niè）之象：形容局势、局面、心情等不安定的样子。

⑭季：一个朝代或一个时代的末期。

⑮光大：动词的使动用法，使……发扬光大。

⑯勖：勉励。

 译文

　　清朝末年，革命党人历经艰难险阻，凭借着坚毅不屈的精神，同残害民众的敌人相搏，频频受挫，以辛亥年三月二十九日围攻两广总督衙门这场战役的牺牲最为惨烈。我们党的精英，几乎全部牺牲，损失惨重。但是这次战役，英雄们刚烈忠贞的鲜血溅红了大地，他们的心中存留的浩然正气充溢四方，草木因此心怀悲痛，风云因此变换颜色，全国长期压抑的人心也因此大大地振奋，人民长期积聚的怨恨和愤怒如同汹涌的洪水冲击山沟一般，势不可当，不到半年武昌革命因此而成功，那么这场战役的价值，可谓是惊天地、泣鬼神，同武昌革命一样永垂不朽，值得纪念！

　　但是自民国筹建以来，战火纷飞，以至于黄花岗英雄的坟墓，还被埋没在荒烟乱草之中。拖延了七年，才有墓碑的建立，十年之后，才有烈士事略的编写。可是这七十二位烈士，有的只剩下残缺的记载，有的徒留姓名，有的甚至连姓名都没有留下，就像从前史书上记载的田横事迹，即使是司马迁那般善于替游侠作传的人，也无法给田横所带领的五百人写下传记，这就越发令人感到悲痛啊！

　　邹海滨先生拿着他所编辑的《黄花岗烈士事略》请求我作序。那时我正要伐敌，在桂林统率军队。环看国内，敌人气焰嚣张，国家比清朝末年更加倾危不安，而我三十年前所主张、提倡的，令英雄烈士不惜牺牲生命去斗争的三民主义、五权宪法，它们依旧是一纸空谈。那么我这次行动所担负的责任，便比三十年前更加重大了。假如全国人民都能够继承先烈们的精神去为国家奋斗，帮助我完成这一重大责任，实现我们理想中的国家，那么这一部开国的流血斗争史，就可以代代流传，永不磨灭。否则，我们就不能继承先烈们的遗志并将其发扬光大，只是对前人留下的事业白白感慨，这实在是我们后来人的耻辱啊！

我写这篇书序，既是沉痛悼念牺牲的烈士，又希望借这篇文章勉励国人阅读此书。

读与思

本文是孙中山先生于1921年12月应邹鲁的请求为《黄花岗烈士事略》一书写的序言，写于作者督师桂林准备北上讨伐北洋军阀之际，可以说是一篇弘扬先烈革命精神、进行战斗动员的出征誓言。全文内容连贯，结构严谨，赞颂了革命党人"以坚毅不挠之精神，与民贼相搏"的英雄气概，并指出了黄花岗之役的历史意义。

孙中山先生是伟大的民族英雄，伟大的爱国者，中国民主革命的伟大先驱。"革命尚未成功，同志仍须努力"，凭着百折不挠的精神，孙中山先生领导了一次又一次的斗争。文中字字情真意切，无不表达了孙中山先生"吾志所向，一往无前，愈挫愈奋，再接再厉"的决心和勇气。

读书与革命[①]

◎鲁　迅

现在我因为职务上的关系[②]，不能不说几句话，可是有许多好的话，以前几位先生已经讲完了，我再没有什么话可讲了。

我想中山大学，并不是今天开学的日子才起始的，三十年前已经有了。中山先生一生致力革命、宣传、运动，失败了又起来，失败了又起来，这就是他的讲义。他用这样的讲义教给学生，后来大家发表的成绩，即是现在的中华民国。中山先生给后人的遗嘱上说："革命尚未成功，同志仍须努力。"这中山大学就是"努力"的一部分。为要贯彻他的精神，在大学里，就得如那标语所说，"读书不忘革命，革命不忘读书"，因为大学是叫青年来读书的。

本来青年原应该都是革命的。因为在科学上已经证明：人类是进步的。以前有猿人，或者在五十万年以前吧——这是地质学上的事，我不大清楚，好在我们有地质学家（指朱家骅先生）在这里，问一问便知道——后来才有了原人。虽然慢得很，但可见人本来是进化的、前进的。前进即革命，故青年人原来尤应该是革命的。但后来变做不革命了，这是反乎本性的堕落，倘用了宗教家的话来说，就是：受了魔鬼的诱惑！因此，要回复他的本性，便又另要教育、训练、学习的工夫了。

中山大学不仅要把不革命、反革命的脾气去掉，还要想法子，引导人回复本性，向前进行到革命的地方。

说，革命是要有经验的，所以要读书。但这可很难说了。念书固可以念得革命，使他有清晰的、廿世纪的新见解。但，也可以念成不革命，念成反革命，因为所念的多属于这一类的东西，尤其是在中国念古书的特别多。

摄影：邓志杰

中山大学在广东革命政府之下，广东是革命青年最好的修养的地方，这不用多说了。至于中山大学同人应共同负的使命，我想，是在中山大学的名目之下，本着同一的目标，引导许多青年往前进，格外努力。

然而有一层，又很困难。这实在是中国青年最吃力的地方了，就是，一方要读书，一方又要革命。

有许多早应该做的，古人没有动手做，便放下了，于是都压在后人的肩膀上，后人要负担几千年积下来的责任。这重大的事，一时做不成，或者要分几代来做。

因此，青年们要读书不忘革命，的确是很吃苦、很吃力的了。但，在现在的社会状况之下又不能不这样。

青年应该放责任在自己身上，向前走，把革命的伟力扩大！

要改革的地方很多：现在地方上的一切还是旧的，人们的思想还是旧的，这些都尚没有动手改革。我们看，对于军阀，已有黄埔军官学校同学去攻击他、打倒他了。但对于一切旧制度，宗法社会的旧习惯，封建社会的旧思想，还没有人向它们开火！

中山大学的青年学生，应该以从读书得来的东西为武器，向他们进攻——这是中大青年的责任。我希望大家一同担负起这个责任来！

注释

①本文选自钟敬文编《鲁迅在广东》，是鲁迅1927年3月1日在广州中山大学开学典礼上的演说词，由林霖记录，但未经鲁迅校阅。

②鲁迅时任中山大学教务主任。

读与思

"读书不忘革命，革命不忘读书"，鲁迅先生一直认为青年是中国的希望，但反动势力却想要把中国变成无声的中国，让青年在读死书、读"古书"中沉寂下去，甘愿被奴役、被主宰。鲁迅先生的演讲，既体现了一个循循善诱的师长的关怀期望，期望青年们"读书不忘革命""以从读书得来的东西为武器"，更体现出肝胆相照的同道者的真诚执着，它振聋发聩地敲响了维系国家前途、民族存亡的警钟。

鲁迅先生认为："青年应该放责任在自己身上，向前走，把革命的伟力扩大！"同学们，你们读书是为了什么？

蝶恋花·辛亥秋哭黄花岗诸烈士^①

◎黄 兴

转眼黄花看发处，为嘱西风，暂把香笼住。待酿满枝清艳露，和风吹上无情墓。

回首羊城三月暮，血肉纷飞，气直吞狂虏。事败垂成原鼠子^②，英雄地下长无语。

注释

① 1911年4月27日同盟会在广州起义，喻培伦、林文、方声洞、李文甫、林觉民、徐广滔等一百余人英勇牺牲。后经广州人民收殓死难者尸体，得七十二具，葬于黄花岗，史称"黄花岗七十二烈士"。

②鼠子：指告密者。

读与思

这首词表达了作者对广州起义的先烈们的深沉怀念与由衷赞美，也表达了大业未竟、英雄长眠，幸存者还得继续奋斗、转战四方的期望。

群文探究

广州是一座英雄的城市，请围绕"追寻英雄足迹，重温红色记忆"开展系列主题阅读活动。

主题一：撰写参观记

组织参观广州起义烈士陵园，实地了解陵园的建造，了解烈士事迹，搜集相关的历史事件，撰写一篇参观记。

主题二：制作英雄名片

搜集与广州有关的英雄人物，了解他们的生平、事迹等，动手设计个性化的人物名片，形成名片集。

主题三：绘就一幅广州红色旅游线路图

小组合作，根据搜集的资料，为外地旅客绘制一幅广州红色旅游线路图，让游客们跟随路线指引，了解广州的历史文化，追寻英雄足迹。

研学活动：
传统与现代的"碰撞"之城

广州是一座有着2200多年历史的文化名城，又称"羊城""花城"，一年四季鲜花绽放、花团锦簇，是一座历史感与现代感并存的南国城市。漫步广州街头，可见广州既有现代的浓郁气息，又融合了传统文化的质朴素雅。有人说："如果有个地方没去会遗憾，广州算一个。"除了丰厚的历史文化底蕴和浓郁的现代气息，广州的美食也是独树一帜，有"食在广州"的美誉。广州独具特色的各类美食，刺激着你的味蕾，不如约上三五好友，来一场说走就走的舌尖之旅。百转千回，沉淀千年的广府文化，一半是砖瓦百年的古屋，一半是钢筋混凝土的高楼，当这两者碰撞，一场趣味十足的研学之旅就此开始！

研学主题一：童眼看花城

研学因由：广州是一座传统与现代融合的城市。让我们走进广州2200多年的历史，了解广州丰厚的历史文化底蕴，感受"花城"现代的艺术气息，体验传统和现代融合的独特城市魅力。

研学路线：西汉南越王墓—广东省博物馆—白云山云台花园—广州塔

西汉南越王墓

广东省博物馆

白云山云台花园

广州塔

研学活动：

1. 西汉南越王墓

地理位置、年代：＿＿＿＿＿＿＿＿＿＿＿＿＿＿＿＿

发掘年代：＿＿＿＿＿＿＿＿＿＿＿＿＿＿＿＿＿＿＿

墓室结构：＿＿＿＿＿＿＿＿＿＿＿＿＿＿＿＿＿＿＿

出土文物（写出感兴趣的 2—3 个即可）：＿＿＿＿＿

＿＿＿＿＿＿＿＿＿＿＿＿＿＿＿＿＿＿＿＿＿＿＿＿＿

历史意义：＿＿＿＿＿＿＿＿＿＿＿＿＿＿＿＿＿＿＿＿

2. 广东省博物馆

地理位置：＿＿＿＿＿＿＿＿＿＿＿＿＿＿＿＿＿＿＿＿＿

历史沿革：＿＿＿＿＿＿＿＿＿＿＿＿＿＿＿＿＿＿＿＿＿

建筑布局：＿＿＿＿＿＿＿＿＿＿＿＿＿＿＿＿＿＿＿＿＿

馆藏文物（写出感兴趣的2—3个即可）：＿＿＿＿＿＿＿

＿＿＿＿＿＿＿＿＿＿＿＿＿＿＿＿＿＿＿＿＿＿＿＿＿＿＿

3. 白云山云台花园

地理位置：＿＿＿＿＿＿＿＿＿＿＿＿＿＿＿＿＿＿＿＿＿

花园特色：＿＿＿＿＿＿＿＿＿＿＿＿＿＿＿＿＿＿＿＿＿

种植花卉名称（写出感兴趣的2—3个即可）：＿＿＿＿＿

＿＿＿＿＿＿＿＿＿＿＿＿＿＿＿＿＿＿＿＿＿＿＿＿＿＿＿

4. 广州塔

地理位置：＿＿＿＿＿＿＿＿＿＿＿＿＿＿＿＿＿＿＿＿＿

塔高、造型：＿＿＿＿＿＿＿＿＿＿＿＿＿＿＿＿＿＿＿＿

打卡景点：＿＿＿＿＿＿＿＿＿＿＿＿＿＿＿＿＿＿＿＿＿

建筑特色：＿＿＿＿＿＿＿＿＿＿＿＿＿＿＿＿＿＿＿＿＿

研学主题二：舌尖上的广州

研学因由： 广州的饮食文化源远流长，所谓"食在广州"，就是如此。广州西关、西华路、北京路等地拥有比较集中的美食小吃群，具有研究价值。

研学路线： 广州西关—西华路—北京路

吴财记面家（广州西关）：炸云吞

吴财记面家（广州西关）：云吞面

开记甜品（广州西关）：绿豆沙

陈姨大德路猪肠粉（广州西关）：猪肠粉

泰德马蹄糕（广州西关）：马蹄糕

腾元生煎（西华路）：生煎包

牛佬牛杂（西华路）：牛佬牛杂汤

食得好美食店（西华路）：五代同堂米线

食得好美食店（西华路）：捞起爽鱼皮　　　　食得好美食店（西华路）：吉列猪扒

珍珍小食店（西华路）：招牌牛腩猪肠河粉　　芳记小食店（西华路）：鸳鸯肠

苏记牛杂（北京路）：牛杂　　　　　　陈添记鱼皮（北京路）：鱼皮

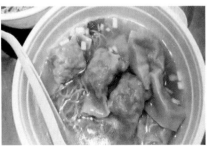

美乐士多钵仔糕（北京路）：钵仔糕　　　　巧美面家（北京路）：云吞面

研学活动：

1. 写美食

在品尝美食之余，把你舌尖上感受到的味道写下来。

"我是小小美食家" 评价表

评价内容及标准	自评	互评
能写出美食的外形、色泽，得1颗☆		
能写出美食独特的气味，得1颗☆		
能写出美食独特的口感、滋味，得1颗☆		
能加入美好的感受和联想，得1颗☆		

2. 做美食

向当地手艺人请教美食的做法，回家试着自己做一做。

3. 行美食

感受不同风格的美食，品味传统与现代的碰撞。从具有传统广府美食文化的广州西关、西华路，到现代与传统相结合的北京路，再到具有现代多元化国家美食的体育西路，这一路线能让你感受到丰富多彩的美食文化。请设计一份符合不同人群需求的"逛吃"路线。

研学主题三：寻访红色足迹

研学因由：广州作为中国近现代革命的策源地，拥有无数令人热血沸腾的党史故事。今天，让我们一起追寻广州红色印记，传承红色基因。

研学路线：广州中山纪念堂—广州起义纪念馆—广州起义烈士陵园—黄花岗七十二烈士墓园

广州中山纪念堂

广州起义纪念馆

广州起义烈士陵园

黄花岗七十二烈士墓园

研学活动：

1. 广州起义纪念馆

参观广州起义纪念馆，感受当年，写一篇日记，抒发内心感慨。

2. 黄花岗七十二烈士墓园

去黄花岗七十二烈士墓园，站在碑前，重温入队誓词，学习英雄精神，努力做好共产主义接班人。

3.英雄故事会

寻找广州历代英雄人物故事，写下自己的所见、所闻、所感。

历史故事或人物故事	所见	所闻	所感